Für Alfons
Für Sra. Trudy

Impressum
©2018 Inga Heilmann
Herstellung und Verlag
BoD – Books on Demand, Norderstedt
ISBN 9783752831450
Bibliographische Information der
Deutschen Nationalbibliothek
Die Deutsche Nationalbibliothek
verzeichnet diese Publikation in der
Deutschen Nationalbibliographie;
detaillierte bibliographische Daten sind im
Internet über www.dnb.de abrufbar.

Heavy Metal Paraguay

Über mir saugt ein Kolibrí an den Pampelmusenblüten. Ich sitze bei Feunden im Garten und überlege, dass ich nie wieder von hier wegfahren möchte. Ich möchte in Paraguay bleiben. Dann sticht mich einer der besonders schwarzen Moskitos schmerzhaft ins Knie und ich denke noch „Wirklich?", bevor ich mir mit dem Moustick kleine Elektroschocks auf den Stich setze, das soll nämlich den Juckreiz verhindern. Moustick, noch unpatentiertes, kleines grünes Ding made in Italy, hatte mein Vater mir zum Abschied bei Globetrotter gekauft. Globeltlottel. Von dort kam auch mein erster Fjällräven Rucksack, der gleich am Ankunftstag in Paraguay eingesaut wird, weil in der Vordertasche mein Labello geschmolzen und das Feuerzeug ausgelaufen waren. Ich weiss nicht, wie ich das ohne Küchenpapier sauber machen soll und ziehe den Reißverschluss achselzuckend wieder zu. Aus den Augen, aus dem Sinn, und, Überraschung! Bis zum nächsten Tag ist alles verdampft und nur ein großer, hellumrandeter Fleck ist zurück geblieben. So ähnlich würde von nun an fast alles in Paraguay werden: Entweder ganz furchtbar doof, richtig ätzend, oder unfassbar schön, Hochstimmung, Glücksgefühl im Bauch. Und im nächsten Moment konnte wieder alles anders sein. Verdampft bei 46 Grad im Schatten.

Vor vier Monaten bin ich neunzehn geworden, seit einer Woche habe ich das Abi in der Tasche, Abi ´95, und verpasse genau jetzt die zweite Abschlussfeier, weil ich im Flugzeug nach Asunción sitze. Auf die Party hatte ich sowieso keine Lust, wie ich auch keine Lust mehr auf zu Hause hatte, auf meine Eltern, mein Zimmer, und dann hatte ich außerdem noch genug von meinem Freund, meiner Hockeymannschaft und meinen Freundinnen, die gingen mir auch auf den Keks. Ganz Hamburg war doof, ich wollte nur noch weg. Dabei hatte ich noch bis zur Verabschiedung am Flughafen die Haltung bewahrt, hatte gelächelt, geküsst und umarmt, aber kaum, dass ich mich umgedreht und hinter der Passkontrolle verschwunden bin, fällt alles wie 1000 Kilo von mir ab, mir ist plötzlich ganz leicht und es kribbelt im Bauch vor Aufregung. Das Einchecken ist ein Kinderspiel, alle wissen, was sie tun und befördern mich in Windeseile auf meinen Sitzplatz am Gang. Mit dem Rucksack vorsorglich noch als Anker zwischen den Füßen hebt das Flugzeug mit mir ab, und ich fühle mich so unglaublich frei, als würde ich selber durch die Luft fliegen. Einfach nur glücklich, ich fliege glücklich in die Freiheit.

Zufällig setze ich mir die Kopfhörer zum Bordradio Hören immer dann auf, wenn der beste Song des Programms kommt: „Linger" von Cranberries. „Linger" ist seitdem das Freiheitslied, zum Zurücklehnen und durchs Universum Sausen. Auf den Text kommt es dabei gar nicht an. „You know I´m such a fool for you" – als Dummkopf würde ich allerdings noch sehr sehr oft da stehen, von allen guten Geistern verlassen, des Wahnsinns fette Beute, wie mein Vater sagt. Manche sind mit neunzehn bestimmt cool und richtig erwachsen, aber ich habe nur viel Ahnung von gar nichts. Dabei hatte ich schon viele coole Sachen gemacht und bin mit mir selber ziemlich zufrieden. Jetzt habe ich allerdings keine Lust mehr auf den ganzen Kram, auf zu Hause mit allem, was dazu gehört. Deshalb dieses ungeheure Freiheitsgefühl im Flieger nach Paraguay.

Nach einigen Wirrungen und kurzen Panikatacken lande ich circa zwanzig Stunden später in Asunción. Ich ergattere meinen Koffer vom Fließband und ziehe ihn und mich mit aufgeregt aufgerissenen Augen zum Ausgang. Dass ich jetzt immer noch kontrolliert werden kann ignoriere ich unwissentlich, ich muss jetzt abgeholt werden, alles andere interessiert mich nicht. Von allen Seiten bietet man mir Taxis an, wozu ich den Kopf schüttele, „No no", ich werde doch abgeholt....

Oh verdammt. Niemand holt mich ab. Echt nicht! Ok jetzt will ich doch ein Taxi, das erstbeste. „Taxi?" „Sí!" Zum Gran Hotel del Paraguay, die Adresse brauche ich nicht von meinem zerknitterten Zettel abzulesen, die kennt der Fahrer sowieso. Während er mich auf der Strecke ins Hotel ausfragt und mein Schulspanisch erste Erfolge verbuchen kann, verfliegt meine Panik vom Ankunftsterminal und ich entspanne mich dermaßen, dass ich auch nicht wieder nervös werde, als sich auf dem Hotelparkplatz herausstellt, dass ich mit meinen zu großen Dollarscheinen nicht bezahlen kann. Der Fahrer nimmts ebenfalls gelassen, schleppt meinen Koffer zum Empfang und wartet, während ich nur noch Augen für die Rezeptionistin habe, die haargenauso aussieht wie die von allen geliebte Schulsekretärin, der ich nun vertrauensvoll radebreche, wer ich bin und was ich hier will, woraufhin sie prompt und lautstark auf Deutsch anwortet und das gesamte Hotel binnen Sekunden über die Ankunft der Praktikantin informiert ist. Es erscheint Señor Horsti, der Hotelchef, Besitzer und Manager. In Paraguay gibt es Küsschen links und rechts, dazu noch Umarmungen: „Wieso sind sie denn schon da? Wir hatten sie eine Stunde später erwartet! Na das ist aber schön! Willkommen!" Er bezahlt den

Taxifahrer. „Ihre Eltern haben doch extra noch angerufen und gesagt, wann das Flugzeug landet – na Hauptsache, sie sind da!" Wetten, meine Eltern haben irgendwas mit der Zeitverschiebung durcheinander gebracht? Oder nichts vom unplanmäßigen Zwischenstop in Barcelona gewusst? Wie auch immer, die haben sich jetzt zum letzten Mal in meine Angelegenheiten eingemischt, denke ich, von nun an werde ich meinen Mist alleine bauen. Und fange auch gleich damit an.

In den nächsten zwei Monaten trete ich in jedes nur irgend mögliche Fettnäpfchen, mache falsch, was man nur falsch machen kann, blicke überhaupt nicht durch, oder, wie meine Hamburger Freundinnen sagen würden: Raffe gar nichts. Und dabei bin ich noch vorgewarnt worden. Zuerst von der paraguayischen Freundin meiner Mutter: In der ersten Zeit kein Leitungswasser trinken! Weshalb ich zum Frühstück Milch bestelle – um dann nach zwei Wochen festzustellen, dass die Milch in der Küche aus Milchpulver und Leitungswasser zusammengemischt wird. Zum zweiten warnt mich Señor Horsti noch am ersten Tag vor, beim Mittagessen im Hotelrestaurant. Da wären einmal die Mitglieder des Familienclans, die Hotelbesitzer, die zum allergrößten Teil sogar im Hotel wohnen, im Nordflügel hinterm Tennisplatz, und dann wären da die Angestellten, das Personal. Mit denen müsste ich aaaaufpassen, für die wäre ich der neue Vogel im Haus, und am besten hielte ich mich überhaupt an Trudy. Ok. Also lümmele ich am Nachmittag in der Lounge herum, der geräumigen Eingangshalle, und lerne tausend Leute kennen, weil sich alle halbe Stunde jemand anderes in den Sessel neben mich fallen lässt. Das ist in Ordnung so, ich weiss sowieso nicht, was ich sonst machen sollte. Mein Zimmer an der Einfahrt zum Parkplatz habe ich bezogen, aber das übrige Hotel zu erkunden getraue ich mich noch nicht. Bin ja gerade erst angekommen, da fühle ich mich in der Lounge gut aufgehoben. Einen riesigen, offenen Kamin haben sie hier, auf dessen Sims zwei mächtige, kugelrunde Hühner aus braunem Ton stehen, hässlich sind die, und zwischen ihnen hocken ein weißes und ein schwarzes kunsthandwerkliches Huhn. Die sind hübscher und sollen Geld und Glück bringen, wie ich später erfahre. Bis ich um 16 Uhr Trudy treffe, habe ich einen unbändigen Appetit auf Ananas bekommen, und der kahlköpfige Jeansplayboy der Hotelfamilie hat mir bereits erklärt, wo hier in der Nähe ein Markt ist. Falls man nicht mit seinem tollen Auto in ein Mega-HyperShoppingcenter fahren will, da gäbs auch Ananas. Gracias, ich laufe gerne. Als ich dann Trudy sehe, vergesse ich die Ananas sofort. Und alle, die mich neben Trudy sehen, denken sofort, ich wäre ihre Tochter. Wir sind beide groß, haben komische Haare, treten kräftig auf und wenn wir irgendwo stehen, wollen wir immer irgendetwas. Und – wir sind beide deutsch. Trudy ist ein Profi, gelernte Hotelfachfrau und ehemalige Gaststättenbetreiberin („Bei mir gabs auch 0,2 Biergläser, und alles schön gezapft!"), und erst seit kurzem mit Sohn und Nichte und deren Familie in Paraguay. Sie ist die offizielle Hoteldame, entwirft als solche einen Arbeitsplan für mein Praktikumsjahr und zeigt mir das Hotel. Es geht los. Ich bin ehrlich beeindruckt: Sehr groß, sehr weitläufig, kolonial und sehr sehr grün. In Paraguay wuchert überall alles ganz schnell. Man spuckt einen Orangenkern aus und am nächsten Morgen steht da ein Baum. Die Hotelanlage nimmt den gesamten Straßenblock ein. Es gibt einen Garten mit dem Gewächshaus von Señor Horstis Orchideenzucht, wo auch Schildkröten, zwei Gürteltiere und drei Kaninchen herumlaufen, es gibt einen wunderschönen Innenhof um den herum die großen Gästezimer liegen, es gibt eine Gartenanlage mit Swimmingpool, Tennisplatz, Liegestühlen, Papageienkäfigen, vielen vielen Bäumen, Palmen und einem Grillhaus. Und es gibt einen antiken Theatersaal und zwei ebenso alte Speisesäale mit Decken- und Wandmalereien. An der einen Seite des parkähnlichen Parkplatzes liegen die moderneren Gästezimmer, nur hier hat das Hotel einen ersten Stock, und nachdem ich mit Trudy all diese Kilometer abgelaufen habe, dringen wir in den eigentlichen Kern des Ganzen vor: Den inneren Innenhof. An dem Kamin in der Eingangshalle vorbei durch eine der unzähligen Schwingtüren passieren wir das Büro von Señor Horsti, la oficina, „Dort habe auch ich ein Plätzchen", sagt Trudy, „aber meistens bin ich auf den Beinen." Wir laufen also weiter. Aus den Augenwinkeln registriere ich eine Art Wohn- oder Esszimmer in dem ältere Damen vor sich hin dämmern, und gleich danach kommen die Küche, viele Schränke, mit Weinflaschen?, noch mehr Türen und Flure und volle Regale – ich blicke längst nicht mehr durch und versuche, Trudy dicht auf den Fersen zu bleiben, die nach allen Seiten grüßt, kontrolliert und im Auge behält: „Ich tauche immer überraschend auf, überall. Alles ist mein Bereich, und alles soll schön und ordentlich sein. Vor allem ordentlich, vielleicht habe ich aber auch zu hohe Ansprüche. Das sind ja aaalles keine ausgebildeten Kräfte!" Wir treten ins Freie, und als erstes sehe ich einen großen Käfig mit zwei Äffchen drin, dahinter krakeelt ein blauer Papagei, und zwischen Grünzeug und einem Mangobaum hängt eine dickbäuchige, dünnbeinige Lockenwicklerfrau Wäsche auf. „Ña Teó", winkt Trudy, und im nächsten Moment haben mich zwei muskulöse Arme umklammert und ich verstehe von Ña Teós spanischem Redeschwall soviel wie „Ach wie schön endlich kriege ich Hilfe das Mädchen ist doch für mich?" Trudy kichert, befreit mich aus der Umklammerung und versichert der Wäschereichefin, sie wäre auch noch dran, aber später. Um den inneren Innenhof liegen die Schneiderei, die Wäscherei, Bügel– und Mangelraum, mehrere Depots, hier stehen die Tische vom Personal, Essen an der frischen Luft, und es führt ein Flur zum Hinterausgang und einer zum Vorratslager und zur Bäckerei. Wir gucken auch von hinten in die Küche rein und Trudy zeigt, worüber ich staunen darf: Einen riesigen, holzbefeuerten Herd mit gusseiserner Platte, mindestens fünf Meter lang und zwei Meter breit. Ich staune natürlich, aber eigentlich nehme ich alles so hin, wie es ist. Fremd, neu und toll, und wundere mich kein bisschen, wieso ein historisches Gran Hotel keine professionel ausgebildeten Angestellten und einen Holzofenherd ohne Abzugshaube hat. Im Hintergrund erspähe ich auch noch mächtig große Kühlschränke mit Holztüren – gut, hier ist das eben so. Toll! Leider habe aber auch ich nicht den leisesten Schimmer vom Hotelwesen und kann auf Spanisch nur grauenhaft schlecht telefonieren, weshalb ich mich in den ersten fünf Wochen furchtbar langweile, denn Trudy stellt mich zum Anfang in die Rezeption.

REZEPTION

Ich reiche Zimmerschlüssel über den Thresen und lächele. Es wird lustiger, als ich merke, dass das Hotel zur Hälfte von Amerikanern belegt ist, die in Paraguay Babys adoptieren wollen. Jetzt wird mein Englisch gebraucht. Ich dolmetsche und mache gute Laune, wenn auf der US-Botschaft und den paraguayischen Behörden mal wieder nichts geklappt hat, ich babysitte und bringe den Mummys ein paar Brocken Spanisch bei. Trotzdem sieht Trudy mir die Langeweile an und gibt mir das Buch, das für die nächsten Monate meine Bibel wird: Das Lehrbuch des Restaurations- und Gaststättengewerbes. Jetzt brauche ich sofort einen Spiralblock und neue Stifte, und dann studiere ich dieses Buch von vorn bis hinten. In einem Papier- geschäft kopiere ich mehrere Seiten und schreibe an- sonsten ab, was ich interessant finde, zB. die korrekte Speisenfolge eines 12 Gänge Menüs. Das muss ich unbedingt wissen! Aber ich habe immer noch nicht genug zu tun, stehe immer noch zu lange nur herum. Zumindest vormittags. Abends renne ich mit Trudy durch die Säale und breite Tischdecken aus. Dann zeichne ich einen Stellplan und nummeriere die Tische. Für die Kellner, sagt Trudy, und zur Kontrolle. Sie hat nämlich auch ein Auge aufs Besteck und die Servietten. „Sie glauben ja nicht, Inga, wieviele Teelöffel nach der letzten Hochzeit fehlten!" Mal haben wir fünfhundert geladene Gäste, oder dreihundert zum Geburtstag... und ich sitze dann in der Sofaecke und staune, was alles aus der Küche angefahren kommt. Wagen um Wagen mit großen, dampfenden Rechauds. Später helfe ich Trudy beim Auffüllen und Erneuern des

Büffets. Dreiviertel leere Schüsseln weg, zurück in die Küche, Nachschub holen. Unterwegs versuchen die Kellner, mit mir zu flirten. Das finde ich verwirrend, so offen gabs das in Hamburg nicht, und ich denke, dass sie lieber kellnern sollten anstatt mir Komplimente zu machen. Andererseits fühle ich mich aber auch geschmeichelt, blöd wie ich bin.

Das Freiheitsgefühl aus dem Flugzeug hat sich tief in meinem Bauch eingenistet, und immer, wenn ich etwas zu tun habe oder auf Stadtstreifzüge gehe, bin ich euphorisch und auf 110. Doch allein in meinem Zimmer wird es mir so recht schmerzhaft bewusst, dass mir niemand „Guten Morgen" sagt und niemand fragt „Na wie wars mein Schatz?" Also schreibe ich in ein Tagebuch, wies war. Wenn ich ein 19jähriges gebündeltes Selbstvertrauen wäre, hätte ich sicher weniger Probleme damit, meinen neuen Alltag zu organisieren, aber so muss ich mich vor jeder neuen Hürde zusammenreißen, Mut zur Blamage sammeln und vor allem: Den Mund auf machen. Man muss schon sagen, was man will, sonst kann man lange auf Frühstück, Wäschewaschen oder Klopapier warten. Es ist nicht das erste Mal, dass ich von zu Hause weg bin, nein nein, ich war schon „allein" in Frankreich zum Schüleraustausch und zwei Mal bei Gastfamilien in England, aber so allein wie hier in Paraguay war ich noch nie. Und das merke ich jetzt ganz gewaltig, obwohl ich doch unbedingt weg wollte. Zum Glück tue ich dann das einzig richtige: Statt groß Heimweh zu bekommen, beiße ich die Zähne zusammen und kämpfe mich durch. Nur die Harten komm´ in´ Garten.

Auf diese Art und Weise überstehe ich es auch erstaunlich gelassen, als mir Zulma, die Nachmittagsbis-Abendsrezeptionistin zu verstehen gibt, meine Gardinen seien wohl nicht besonders blickdicht. Jetzt hätte Señor Horsti endlich verstanden, wieso die Nachtwächter in letzter Zeit immer zusammen stünden und zu meinem Fenster guckten anstatt auf Autos und potentielle Einbrecher... na toll. Muss ich mich jetzt halt immer im Badezimmer umziehen. Die können mich alle mal. Am nächsten Tag werde ich gleich nochmal zum Lacher des Hotels: Ich soll meine schmutzigen Sachen ruhig in die Wäscherei geben, sagt Trudy, Kost und Logis beinhalte das. Also stopfe ich eine Tüte voll und lege einen Zettel rein wo drauf steht, was alles schmutzig ist: Jeans 1, Bettwäsche 1, T-shirts 3, Männerunterhosen 7.... Tja-haa, da hatte mein Taschenwörterbuch mich falsch informiert, für Männer- und Damenunterhosen gibt es nämlich zwei ver- schiedene Wörter, lieber kleiner Langenscheidt! Das Gekreische in der Wäscherei und Büglerei hätte ich gerne gehört – ayayay wo hat sie denn diiiiiie Unterhosen her! Ab dem Tag wasche ich meine Sachen selber, soweit es am Waschbecken eben geht, und rieche nach Hotelseife. Alles trocknet an einer Schnur quer durchs Zimmer, ich reiße das Fenster auf und bin abends trotz Fliegengitter von Moskitos umzingelt. Die wollen mein Blut. Es dauert ewig, bis ich für eine ruhige Nachtruhe alle tot geklatscht habe. Zulmas Technik muss ich noch perfektionieren: Den Moskito in der Luft grapschen. Ich bin noch nicht schnell genug. Dafür aber hundemüde, und als ich morgens vom Wecker hochgescheucht werde, bin ich trotzdem zehn Mal gestochen worden. Ich habe Augenringe und ungewaschene Haare, und an der Rezeption begrüßt mich Ariel, der Gepäckjunge: „Hallo

Schöne gehst du heute Abend mit mir tanzen?" Die spinnen hier alle.

Inzwischen ist eine 30köpfige Gruppe Schweizer Landwirte samt Ehefrauen ins Hotel eingefallen. Sie sind auf Agrar-Rundreise und bestimmen für die nächsten vier Tage das Geschehen. Außerdem trinken sie alle Vorräte an Caña, dem Zuckerrohrschnaps für Caipiriña, und danach die Sangría, und Trudy sagt, na dass wären doch mal anständige, handfeste Gäste gewesen. Kurz bevor meine Zeit an der Rezeption zu Ende geht, habe ich dann ein richtiges Tief. Im Hotel kenne ich mich langsam aus, aber nicht mehr mit mir selbst. Ich denke zu viel an meine Leute zu Hause, an meinen jetzt Ex-Freund, am Ende vermisse ich den noch? Ich vergleiche Asunción mit Hamburg, was total unnötig ist, und frage mich, wie die anderen das hier wohl finden würden? Noch viel unnötiger. Nach der Arbeit sitze ich in einem winzigen Café in der Nähe des Hotels und trinke heißen Kakao und esse mixto caliente, ein doppeltes getoastetes Sandwich mit Schinken und geschmolzenem Käse drin, heiß muss alles sein, denn Asunción ist mittlerweile kalt geworden, und ich denke: „Im Max & Konsorten wärs jetzt auch schön." Vor allem aber ist eins sicher: Ich habe schon lange keine anständige Musik mehr gehört.

MUSIK

Auf dem Wasserkasten der Souterrain Jungswohnung mit Blick in den Garten liegt ein Stapel Playboy. „Schöne Frauen! Ist die etwa nicht schön?" „Doooch..." "Was ist gegen schöne Frauen einzuwenden?

Zeitschriften mit hässlichen Frauen würde ich nie kaufen!" Playboy ist mir egal. Metal Hammer interessiert mich viel mehr. Der ist auch noch härter als Rock Hard. Der Hammer informiert mich über Cannibal Corpse, Slayer und Morbid Angel, und die Platten finde ich im Plattenregal wieder. Da ist auch eine picture disc von Danzig, die sieht abgefahren aus, aber was sie mir dann vorspielt, reißt mich nicht gerade vom Hocker. Mein Freund hält einen musiktheoretischen Einführungskurs. Für Laien. Für mich. „Hör dir das Schlagzeug an! Der Drummer ist ein Monster! Dadadadadada – und Pause – und jetzt wird er doppelt so schnell, und so präzise! Schweinegeil. Jetzt was anderes. Max Cavalera! Der schreit sich die Seele aus dem Leib, man ist der böse! Aaargh! Jemand normales kann gar nicht so schreien. Anders Obituary, Slowly we rot. John Tardy grunzt. Grunzen ist das, die Stimme kommt aus dem Kehlkopf: Guttural. Auch böse. Und Spaß macht das! Dreh mal lauter." Wir fahren für meinen Geschmack zu schnell in dem roten Opel und hören Iron Maiden. Automucke. Später bei den Landpartien auch Cradle of filth, so als Gegensatz zu den goldenen Kornfeldern. Ziemlich schnell merke ich, dass es mir mit ein bisschen Melodie besser gefällt und entdecke Paradise Lost, Amorphis und My Dying Bride, von denen mich letztere zeitlebens begleiten werden. Aber zunächst lese ich im Hetal Hammer über ihr 4. Studioalbum Turn Loose The Swans, diesmal nicht auf Latein. Ach so, diesmal nicht. Ich kaufe die CD, höre mich ein und habe mein Lieblingsalbum gefunden. „Take from me the crown of sympathy" – das bleibt ewig gut, kann ich immer hören. Immer. Im Winter tauchen dann Tori Amos, Portishead, Neil Young unplugged, Nick Cave und Leonard Cohen auf, weil die Abende länger werden und nur Metal irgendwann anstrengend wird. Pearl Jam und Screaming Trees sind aus meiner Grunge Zeit übrig geblieben, und von meinem Freund ist noch Cure da, samt Gedichtband von Robert Smith. Wir hängen auf dem roten Ledersofa rum, ein 5sitzer oder sowas in der Art, uns gegenüber die großen, großen Infinit Boxen links und rechts, in der Mitte die Anlage und der Fernseher, aber der ist meistens aus. Bei Penny kostet die Halbeliterdose Adelskron 49 Pfennig, das trinken wir. Besonders viel schaffe ich aber nicht, wozu auch. In Dänemark haben sie sehr gutes Bier, dort segeln wir im Sommer. Und hören keinen Metal, sondern Dubliners, Marusha, U2 und New Model Army. Und zwar in einer Lautstärke, die kein bisschen maritim ist und alle anderen Segler auf gehörigem Abstand hält. Sind halt alles keine 18jährigen. Die Kapuzenpullis der Jungs verkünden Know your enemy und Terror worldwide, darüber Militärjacken, bloß ich trage einen alten, grünen Wollpullover. Wir pilgern durch die hübschen, dänischen Hafenstädtchen, trinken Bier aus ganz kleinen Flaschen und essen die besten Bockwürste mit Röstzwiebeln und Gurke. Skal.

Wann habe ich zum ersten Mal gemoscht? Vielleicht mit meinen Freundinnen in der Wohnung von Melli? Davon gibts auch ein Foto, darauf sind aber nur Haare zu sehen. Danach rannten wir zum Ugly Kid Joe Konzert in den Kaiserkeller. Wir fanden den Sänger so toll. Und wunderten uns noch, dass er eine neue Frisur hatte und sie ihren Hit gar nicht spielten, „I hate everything about you", aber dann sprangen alle durch die Gegend, jede Menge Pogo, und wir Mädchen glücklich mittendrin, ohne zu merken, dass das Electrica war, die Vorband. Als dann Whitfield die Bühne betrat, waren wir ko und verausgabt, und Ugly Kid Joe auch gar nicht so toll. Im Vergleich zu den späteren Konzerten von My Dying Bride oder Motörhead war das im Kaiserkeller natürlich total niedlich, aber egal, irgendwie fängt halt jeder an. Headbanging braucht nicht groß gelernt werden. Man muss sich nur ein einziges Mal überwinden, dann hat mans raus und die Haare fliegen von alleine. Die einen bleiben Iggy Pop treu, die anderen kommen von Flower Power zu GOA, und ich brauche Doom. Schicksal, Verhängnis, Verdammnis, die Rhytmusguitarre setzt ein, erst schleppend und von der Decke tropfend, dann immer schneller, der Syntheziser macht paukendes Bassgedonnere, das geht mir duch Mark und Bein, Bang! Mit langen Haaren geht das eindeutig besser, da merkt man mehr, wie das zieht, wie das geht, wie das abgeht! Jedes Headbanging ein Nicken, eine Heavy Metal Bestätigung. Ok man muss auch mal zuhören können, still halten und sich freuen, den Doom im Bauch spüren. Und nach zu viel Verdammnis, Zorn und Lautstärke sitze ich auf dem Balkon in der Sonne und höre die Brandenburgischen Konzerte.

Das, was man in Asunción im Supermarkt, im Bus, im Schnellimbiss, aus offenen Haustüren und in der Hotelküche hört, ist Cachaca, und stößt in meinen Ohren auf Totalverweigerung. „Te juro que te amo", „Anoche pensé en ti", „Si tú te vas", quakende Männerstimmen und dazu viel Keyboard, nee, das ist nichts für mich. Auch die angeblich tanzbareren Versionen wie „Corazón romántico" oder „Se baila cachete con cachete" finde ich furchtbar. Alles Cachaca. Nichtsdestotrotz lasse ich mich am Freitag mit zum Tanzen schleppen. Fast die Hälfte der Hotelbelegschaft trifft sich im Royal, ein Riesenschuppen, eine Halle voller Tische und Bierzeltbänke. Am einen Ende wird gegrillt und am anderen getanzt, auf der Bühne steht eine Band. Cachaca live! Kellner laufen mit Literbierflaschen und Eiskübeln durch die Gegend, und während ich mir fest vornehme, hier garantiert nicht zu tanzen, habe ich erst eine Hand auf meinem Knie und dann einen Arm um die Taille, und dann muss ich leider doch tanzen. Das ist furchtbar albern, der einzige Tanzschritt in einer Sekunde gelernt, ein Bein vor, eins zurück, aber den Hintern dabei nach allen Seiten zu schwenken, das bringe ich mit meiner nordisch-hanseatischen Steifheit nicht. Zu guter Letzt habe ich sogar Spaß im Royal, es ist einfach *zu* albern, wie soll man das sonst aushalten. Irgendwann quetschen wir uns zu acht in ein kleines Taxi und lassen uns nach und nach zu Hause abliefern. Gertrudis fährt mit mir ins Hotel, sie hat gleich Frühschicht in der Küche. Dort steht ebenso früh immer Señor Horsti, genießt die relative Stille und bereitet sich höchstpersönlich seinen Mate zu. Er lacht, als wir angeschlurft kommen. Señor Horsti steht ständig unter Strom.

Bedauerlicherweise höre ich in den folgenden Tagen auf, zu denken, schalte irgendeine wichtige Gehirn-funktion aus. Hätte ich mich von oben beobachten können, hätte ich mir sofort mit der flachen Hand auf den Hinterkopf geschlagen. Disch!, aufwachen!, doch es ist niemand da, der auf mich aufpasst. Zu meiner Schande lasse ich mich mit einem der Angestellten ein. Wie mans auch wendet, ein ganz dummer Fehler, und das findet Señor Horsti auch, als nach ein paar Tagen alles herauskommt. So wie von ihm bin ich noch nie zusammengestaucht worden, er macht mich vor den Augen seiner Sekretärin zur Schnecke, und weil ich mich auch noch schuldig fühle, muss ich das alles schlucken und schaffe es so eben gerade, nicht loszuheulen und bei Señor Horsti eine zweite Chance herauszuschlagen. Ich werde ihn von nun an nie mehr enttäuschen, nie mehr, und ich möchte bitte nicht nach Deutschland zurück geschickt werden. Hoffentlich dreht er seine Stromspannung jetzt ein wnig runter – ok. es ist noch nicht alles verloren. „Ich muss das mit Trudy besprechen", sagt er eisig. Nachmittags sitze ich dann vor Trudy, die wissen möchte, was ich denn nun schon wieder angestellt hätte, Señora Hilda (die Mama von Horsti) wäre ja ganz aufgebracht gewesen. Ich gestehe, aber ohne Details, und Trudy sagt und lacht dabei ein bisschen: „Also ich werde den Señor Horsti schon beruhigen, aber das sowas nicht noch mal vorkommt! Dem Rafa wird er natürlich nichts vorwerfen, die Männer kommen ja eher ungeschoren davon... na nun hören sie mal auf zu weinen, Inga, ich selbst war in meiner Jugend ja auch kein ganz unbeschriebenes Blatt." *Das* tröstet mich jetzt aber ungemein. Aber ansonsten ist Trudys Wort für mich Gesetz, und ich bin erleichtert, dass sie mich ab morgen mit den mucamas, den Zimmermädchen, arbeiten lässt, da brauche ich nicht so vielen Leuten in die Augen zu sehen wie an der Rezeption. Was im inneren Innenhof und im dämmrigen Familienesszimmer über mich getratscht wird, will ich lieber nicht wissen. Wenn ich im Hotel überleben will, muss mir das egal sein. Ich beschließe, dass Señor Horsti mich von nun an nur noch arbeitend sehen wird.

An meinem ersten Tag als mucama bekomme ich eine lange, weiße Schürze mit Bügelfalten verpasst (allzu lang ist die bei meinen 1,81 m allerdings nicht) und muss ein weißes Häubchen aufsetzen – meine neuen Kolleginnen klatschen entzückt in die Hände, aber ich weiss, es sieht bescheuert aus.

ZIMMERMÄDCHEN

Das ekligste sind die Haare, die ich aus den Duschabflüssen holen muss. Mit Seife und ominösen Papierresten verklebt. *Ganz* eklig, von fremden Leuten. Und fast genauso schlimm sind die Toilettenmülleimer, denn in Paraguay wird das Klopapier nicht wegge-spühlt, sondern weggeschmissen, damit die Kana-lisation nicht verstopft. Wie heißen diese Dinger richtig – Pumper? Klosauger? Das Dingsda für wenn der Abfluss verstopft ist – na auf Spanisch auf jeden Fall sopapa. Brauche ich in meinem Badezimmer auch und bekomme deshalb Ärger mit Lilí, der dienstältesten mucama, die für alle unwichtigeren Zimmer zuständig ist, also auch für meins. Jetzt pumpt Lilí mit dem sopapa im Klo herum und schimpft, weil man in Para-guay nicht einmal Haare wegspühlen darf. „Siehst du, jetzt ist alles verstopft! Wozu hast du den Mülleimer!" Als Zimmermädchen arbeite ich mit Lilís Tochter Blanca zusammen, putze mich mit sopapa, Besen und Lappen bewaffnet durch die Hotelzimmer und leide. Am Anfang machte mir alles außer den Duschabflüssen Spaß weils neu war, aber nach einer Woche ist der Spaß nur noch Arbeit, und zwar eine ziemlich anstrengende. Lilí ist alt, und Blanca ist eigentlich auch schon alt, und ich finde sie dämlich. Mann, wie die mir auf den Geist geht! Das sollen wohl witzige Bemerkungen sein, die sie macht, denn sie lacht, aber ich verstehe den Witz nicht. Graciela und Gabriela, zwei andere mucamas, klären mich auf: „Blanca redet über Männer", und dann gackern sie los und pieksen sich mit ihren Staubwedeln. „Männer" ist garantiert das Letzte worüber ich mit Blanca reden will. Lieber lade ich mir die schweren Säcke auf den Rücken, die wir aus den schmutzigen Bettlaken und Handtüchern machen, und trabe damit möglichst unsichtbar für die Hotelgäste aber vor Señor Horstis Augen durch die Halle Richtung Wäscherei. Nach drei Wochen guckt er richtig zufrieden, wenn er mich arbeitend auftauchen und wieder verschwinden sieht. Trudy sagt: „Es wäre alles viel weniger Arbeit, wenn wir mehr Staubsauger hätten, aber die Paraguayer lieben ja ihre Besen. *Ich* nehme auch fürs Badezimmer den Staubsauger." Oh, eine Trudy-Weisheit, schnell merken, für später...

Das Gran Hotel hat Flair. Es ist geradezu übervoll mit Flair und das genaue Gegenteil eines sterilen, modernen Business Hotels. Zwar haben wir Geschäftsleute als Gäste, die das viele Grün und den Parkplatz in so zentraler Lage zu schätzen wissen, aber außer den Touristen und den Amerikanern gibt es auch vier Gäste, die ihren festen Wohnsitz bei uns aufgeschlagen haben. Raúl studiert und bekommt von seinen reichen Großgrundbesitzereltern die Hotelstudentenbude spendiert. Die Zimmermädchen himmeln ihn an, und er ist so nett und hält einen Schnack mit ihnen. Señor Bossi ist vor allem Argentinier und klein, merkwürdig aber anscheinend geschäftstüchtig, in welcher Branche auch immer, und ich muss jedesmal, wenn ich ihn sehe, an einen Trickfilm denken, der früher im Fernsehen lief, vielleicht bei der Sendung mit der Maus? Signore Rossi und sein Hund Gastón. Der clevere Hund hilft dem nur aus Kopf, Hut und Beinchen bestehenden Signore aus der Patsche. Wie kann man nur Bossi heißen... Angeblich hat er früher mein Zimmer bewohnt, das ist mir unangenehm. Hoffentlich wurde in der Zwischenzeit die Bossi-Matratze ausgewechselt! Und dann gibt es noch zwei extra schräge Hotelbewohner: Don Sol und Señora Ruth. Señora Ruths Zimmer darf nur von Ursula persönlich gereinigt werden, worum ich sie weiss Gott nicht beneide, wenn man vom Bewohner auf sein Heim schließen kann... Madame spricht deutsch, französisch, spanisch und sicher noch einiges mehr, und ich halte sie zunächst für eine heruntergekommene aber steinreiche Pariser Modezarin, mit ihren stoff – und farbreichen Roben, dem Krückstock und dem schweren Schmuck. Wahrscheinlich täusche ich mich aber und Señora Ruth ist in Wahrheit einfach nur alt, nett und ein bisschen tüddelig. In der Lounge spielt sie mit Señora Hilda Karten. Auf Don Sol stoße ich im Zuge meiner dritten Putzkolonne, die sich um die Zimmer am Hinterhof mit den freihoppelnden Tieren und dem Orchideenhaus kümmert. Ich trage einen Stapel frischer Bettlaken hinter Antonella her und pralle unversehens mit einem dicken Bauch zusammen, der unten Badelatschen und oben Sonnenbrille hat. Dann wabbelt der Bauch und ich höre Don Sol lachen: „Anto, a quién me trajiste acá, es eso la alemana?" Jajaja zwitschert Antonella los, endlich habe ich die Deutsche auch mal bekommen, ich hab ja soooo viel Arbeit mit dem Desaster, das Sie in ihrem Zimmer anrichten.... „Aaaach, caramba", lacht Don Sol und legt seinen Arm um Antonellas Schultern, sag doch soetwas nicht ich bin doch ganz pflegeleicht. Lacht und verschwindet Richtung Bar. „Va tomar su mejunje!" sagt Antonella, „siempre toma mejunje." (Gebräu, erklärt mir der Langenscheidt, und erst ein paar Monate später, als ich Don Sol kellnernd seinen Drink serviere, lerne ich, dass mejunje bloß Gin-Tonic mit Eis ist.) Don Sol ist richtig groß, Cubaner, er handelt mit Pferden und ist mit seinem Privatsekretär zusammen. Wer in seinem Zimmer mit den Pferdebildern an der Wand ordentlich putzt, kriegt Schokolade geschenkt.

Mittags essen wir mucamas mit allen anderen zusammen draußen im Innenhof. Essensausgabe ist am Küchenfenster. „Was gibt es heute?" frage ich Blanca. „Mondongo – mmmm, muy rico", sagt sie. Soso, sehr lecker also, wird wohl im Teigmantel frittierter Fisch sein, dem Aussehen nach, und die meisten quetschen auch Zitronensaft über ihre Portion. „Und? Schmeckts?" will Ursula wissen, die Chefin der Zimmermädchen. „Na ja", gebe ich zu, „geht so. Ist der mondongo ein großer Fisch oder wie sieht der aus?" „Was denn für Fisch?" sagt Ursula und hört auf zu kauen. „Das hier!" lache ich und stecke mir was in den Mund, „bisschen zäh!" Woraufhin sich die versammelte Mannschaft weg packt vor Lachen, die Arbeiterjungs am anderen Tisch schlagen sich gegenseitig auf die Schultern und die Oberschenkel, Lilí verschluckt sich und Blanca muss sie auf den Rücken klopfen, Graciela laufen die Tränen übers Gesicht vor Lachen und nur ich verstehe nicht, was der ganze Aufruhr soll. Hab ich den Witz des Jahres gerissen? „Mondongo", belehrt mich Ursula und unterdrückt ein erneutes Kichern, „mondongo ist

Kuhmagen." Das glaube ich nicht. „Aber das ist doch weiß! Hier, das ist Fisch!" Jetzt gackern sie wieder alle los. „Inga mein Mädchen, es ist Kuhmagen. Ein mondongo ist soooo groß, ein großer Ballon, gewaschen, zerschnitten, frittiert – kein Fisch, kannst du mir glauben." Jetzt wird mir gleich schlecht. Ich ess das nicht. Ich ess doch keinen aufgeschnittenen Kuhmagenballon! Nachmittags kann ich nur ganz langsam Betten bauen, weil ich solchen Hunger habe. Nach der Arbeit und dem letzten Wäschesack schenkt mir Ña Teo eine Tüte chipitas. „Hier mein Herzchen was zum Knabbern du bist zu dünn." Kleine, harte Maismehlkringel mit Anis, die stärken mich genug, um abends ein klärendes Abschlussgespräch mit Rafa zu führen. Ich will nichts mehr von ihm wissen, tut mir leid, aus Schluss vorbei, war sowieso ein Irrtum. Er weint und beteuert seine Liebe, aber das erweicht mich kein Stück, ich habe meine Lektion gelernt. Befreit sitze ich danach auf meinem Bett und wundere mich, dass ich so bescheuert sein konnte. Nie wieder. Mit einem Flipflop erschlage ich die cucaracha, die an der Wand hochläuft, und besinne mich dann ganz gewissenhaft auf das, was ich eigentlich will. Ich will hier in Paraguay sein, ich werde alleine klar kommen verdammt, ich will cool sein, mich nicht verstellen, ehrlich will ich sein und gut. Allen Ernstes. Diese kleine Meditationspause auf meinem knatschigen, durchgelegenen Bett stellt die Weichen für mein künftiges Verhalten: Inga la guapa, die Gute und Tüchtige. Das lässt sich mit Spaß und Coolness verbinden, und zwar problemlos. Ich stecke die Kassette mit dem Paraguay-Mix in den Walkman, die mein hamburger Ex-Freund zum Abschied für mich aufgenommen hatte, und entspanne mich. „One", „To live is to die" und „Fade to black" von Metallica, My Dying Bride natürlich, Portishead und „Disconsolate" von Angina Pectoris, das ist ein richtiger Gothic Diskoknüller. Ich denke, ich gehe nachher noch ins Britannia und trinke ein Bier auf mein eigenes Wohl. Um den Kuhmagen und überhaupt den ganzen Tag zu verdauen.

BRITANNIA PUB ASUNCIÓN

In den 80ern kam Charles der Engländer nach Asunción. Was er da wohl wollte, mitten in der Strössner Diktatur? Wahrscheinlich verliebte er sich in eine Paraguaya und blieb. Und fühlte sich wohl, bis er merkte, dass es keinen vernünftigen Pub gab, in der ganzen 1,8 Millionen Einwohner Stadt nicht. Also eröffnete er einen, und zwar den Britannia Pub Asunción. Irgendwann war Charles aber nicht mehr verliebt, und das Wetter passte ihm eigentlich auch nicht, und überhaupt war es Zeit, zu verschwinden. Da kam Alfons aus Bayern. Der dachte sich: „Als Eisverkäufer hab ich keinen großen Erfolg gehabt in Asunción, aber Kneipenwirt, das würde mir gefallen! Schließlich hab ich mein ganzes Leben in Kneipen verbracht, warum soll ich da nicht auch mal hinterm Thresen stehen!" 1990 übernimmt Alfons den Laden und fängt an, ihn zu verbessern. Alles Englische bleibt drin, nicht allzu viel Neues kommt dazu, aber mit den Jahren und ihm und seiner Frau María als Motor ackert sich das Britannia nach oben und wird in Asunción zu dem Pub überhaupt. Auch zu übersehen ist das Britannia nicht, denn die Fassade von Haus Nummer 851 in der Cerro

Corá ist durchgehend wie die Englische Flagge ge-strichen. Tagsüber brausen entsetzlich viele laute Autos und Busse durch die Straße, aber nachts nicht. Da fahren weit weniger.

Als ich zum ersten Mal ins Britannia gehe, habe ich das Gefühl, ich würde ein Heiligtum betreten. Durch die Tür ein paar steile Stufen hoch, auch vom Hinweg erstmal kurz verschnaufen, und dann weiter. Hier ist ein Innenhof, an der Hausseite überdacht, Holzbänke, Plastikstühle, Union Jack, und links gehts zur Theke. So sind die alten Häuser: nur ein oder zwei Fenster zur Straße, die übrigen Zimmer gehen auf den patio, den Innenhof, Klo und Küche sind ganz hinten. Ich bin mit Hinrich hier, dem riesengroßen Patensohn meines Vaters. Seine Frau ist für ein Jahr Lehrerin in der Deutschen Kolonie in Paraguay. Danach gehen sie zurück nach Berlin, wo Hinrich als superwichtiger Mensch für die Bahn arbeitet. Die kleinen, bunten, paraguayischen Holzpapageienohrringe wird er aber nie mehr ablegen, auch wenn das zum Anzug unmög-lich aussieht. Aber Nadelstreifen und dergleichen trägt Hinrich sowieso nicht. Wir nehmen an der Theke ein Carlsberg mit, Literflasche natürlich, kleinere gibts gar nicht, und suchen uns einen Tisch in dem Zimmer mit Straßenfenster. Hier kann man auch Dart spielen. „In Asunción kann man eigentlich nur ins Britannia gehen", sagt Hinrich, „Prost." Von den Wänden verkünden Kugelschreibernachrichten, dass sich Nati und Jessi hier sauwohl gefühlt haben und alles so genial war, ein Filzstift ruft nach Leoooooo mi amor, aber viel los ist noch nicht. Ist auch erst 20 Uhr. Im Schankraum läuft ein kleiner Fernseher ohne Ton, die Wand hinter der Theke ist ein dunkelrotes Regal vollgestellt mit

Flaschen, Souvenlerhumpen und anderem Kneipen-
zubehör, es wird Bier gezapft und Musik gehört. Ein
ganz normaler Pub, was macht das Britannia bloß so
besonders? Bei meinem zweiten Besuch, diesmal mit
Rafa, weiss ich die Antwort: Alfons. Tennissocken in
Badelatschen, kurze Hosen, T-shirt überm Anfang
eines Bierbauches, hellbraune schüttere Haare, Bart
und Aufpasserblick. Aber dann grinst er, nickt mir zu
und Rafa besorgt ein Carlsberg. Jemand hat ein Bild
von Alfons gezeichnet, das hängt gerahmt im Schankraum: In Lederhosen, Wanderstiefeln und Tiroler Hut.
Passt wie die Faust aufs Auge, ganuso stelle ich mir
einen Bayern vor. Offensichtlich hat Alfons sein ehe-
maliges Outfit einfach den paraguayischen Verhält-
nissen angepasst. „Bist aus Deutschland", fragt er
mich, als wir gehen. „Ja", sage ich, „aus Hamburg."
„Man sieht sich", sagt Alfons und grinst ernst. Ich fühle
mich wie die Königin des Abends, und weil das ja wohl
eine Einladung war, gerne wieder zu kommen, gehe ich
das nächste Mal drei Wochen später alleine ins
Britannia. Nach all dem verdienten Ärger mit Rafa und
nach überstandenem Putztag mit mondongo zum
Mittag. Was soll ich anziehen? Besonders viel Auswahl
habe ich nicht, also einfach Jeans, 501 (meine sind
grün gefärbt), Converse, Oberteil, Jacke. Vor dem
ersten Haus neben dem Hotel sitzt der Nachtwächter
(jedes größere Gebäude hat einen, oder auch sonst
jeder, der sich einen leisten kann), und fragt mich, was
ich vorhabe, so alleine. „Ich gehe aus", erkläre ich
achselzuckend. Oooh, er findet mich mutig, ich soll
schön aufpassen, die Nacht sei ja so dunkel na dann
viel Spaß. Der Weg ist gar nicht weit und ich kenne ihn
auswendig, seit ich die Ecke Cerro Corá / Tacuary auf

dem Stadtplan gefunden habe. Das ist ja Pflicht: In einer neuen Stadt sofort einen Stadtplan kaufen. Meine hamburger Freundinnen behaupten zwar, ich könne mit den Dingern nicht umgehen, aber das ist nur ein hartnäckiges Gerücht, seitdem ich uns damals in Falmouth in Schwierigkeiten brachte und wir Dank mir nicht nur völlig die Orientierung sondern auch die Schatzsuche verloren. Um unseren leckeren Trostpreis beneideten uns dann aber alle, hehe. In Hamburg würde ich nie alleine ausgehen, ich meine, wer rennt schon alleine über die Reeperbahn oder setzt sich mit neunzehn alleine in eine Kneipe? Abgesehen davon, dass ich hier noch nicht allzu viele Leute kenne, finde ich Asunción aber gar nicht gefährlich und fühle mich ziemlich sicher, wie ich so alleine durch die Straßen tigere. Keine finsteren Gestalten zu sehen, die fiesen Typen müssen alle woanders sein. Fiese Typen gibt es auch im Britannia nicht, dafür sorgt ein freundlicher Hinterdertürsteher, den ich bei meinen ersten Besuchen völlig übersehen hatte. „Buenas", sagt er jetzt, „Buenas", N´Abend, sage ich auch, und freue mich. Mal sehen, wie es sich so alleine an der Theke sitzt. Ich erklettere einen Barhocker ganz am Rand und warte auf – äh, auf was eigentlich – „Hola!" strahlt mich María an, „Vas a tomar algo?" Sicher will ich was trinken! „Hola, sí, me das un chop?" Ich bekomme ein Bier vom Fass, und zwar auf Kosten des Hauses, sagt María. Jetzt bin ich *richtig* glücklich. Ein echtes Feierabend- bier! Ich quatsche mit María, es kommen immer mehr Leute, und dann jammert ein dünner, grauhaariger Schnurrbartträger mit Brille, ich säße auf seinem Platz, „Oh this is el fin del mundo! I´m going to die right away, María una cerveza por favor." María lacht ihn aus, stellt ihm ein Bier hin und sagt: "Ken, ella es Inga, Inga él es Ken." „Oh you don´t have a spanish name, surely we can talk in english, can´t we?" An diesem Abend wollen noch viele mit mir talken, auf Spanisch auch, alles wild durcheinander, und nach insgesamt drei chop bin ich k.o. und will nach Hause in meine Hotelbude. Noch vor zwei Monaten konnte ich mehr vertragen. Alfons hält mich an der Tür auf. Wegen dem Paraguayer neulich, mit dem ich letztes Mal da war. Mit dem brauche ich nicht mehr wieder zu kommen, sagt er, der hätte Hausverbot. Wär alleine auch noch mal da gewesen und hätte Ärger gemacht, üble Nummer. „Ich weiss ich hab auch nix mehr mit dem zu tun", sage ich. Alfons nickt befriedigt und predigt weiter. Es gäbe schließlich solche und solche Leute, nä? „Musste aufpassen, dass du dich nicht mit den schlechten Leuten einlässt. Da kommst du nächsten Samstag um 13 Uhr mal ins Britannia, da mach ich ein kleines asado, bisschen grillen im patio, wir feiern den Geburtstag von meinem Sohn. Eins wird er. Da lernste mal ein paar gute Leute kennen." Oh, jetzt freue ich mich aber richtig! Das ist ja eine Ehre! „Es gibt Leute, die taugen einfach nichts", bläut mir Alfons ein letztes Mal ein, „Also dann bis Samstag!"

Ich putze in Hochstimmung. Morgens um 6 klingelt mein Reisewecker – genial! Aufstehen! Ein Tag beginnt! Und zwar mit vier Moskitos, die unter dem Waschbecken auf mich lauern, und mit Frühstück in der Küche. Ich genieße das Privileg, neben dem Herd stehen zu dürfen, wo ich aus einer abgenutzten Blechtasse mate cocido schlürfe (süß, heiß und hellgrün) und Toastscheiben von der Herdplatte stiebitze. Die alte Benita gibt den anderen Angestellten das Frühstück durchs Fenster nach draußen. Señor Horsti kommt, um seine Thermoskanne aufzufüllen. „Mba´éichapa ne ko ´ẽ? Guten Morgen auf guaraní! Und unsere Inga ist auch schon da – Benita, arbeitet die Deutsche gut?" Woraufhin Benita fast bewegungslos eifrig nickt und brummelnd im Topf mit cocido rührt, und Señor Horsti lacht: „ Immer beleidigt, die Benita, stimmts?" Benita nickt.

In Zimmer 27 ist eine Frau aus Münster eingezogen, die schleppt eine Gitarre mit sich mit, und hat netterweise ihr Liederbuch auf der Kommode liegen gelassen. Dasselbe, was wir im Musikunterricht in der Schule hatten! Ich lerne beim Staubwischen schnell den Text auswendig, und putze dann die nächsten Tage Uriah Heep singend: „She came to me one morning, one lonely sunday morning, her long hair flowing in the midwinter wind". Barbara aus Münster verliebt sich in José, den guaraní Poeten, der Samstagabends auf der noche paraguaya im Hotel Texte rezitiert – guaraní in der schönsten, perfektesten Form ist auch eine Kunst und wird applaudiert. Na, sie verliebt sich also in den, er macht mit, ich prophezeie eine superkurze Zukunft, aber Barbara ist trotzdem nett und verspricht, sich zu melden, sobald sie für ihren Job an der Deutschen Botschaft eine feste Unterkunft gefunden hat.

Zur Zeit ist es weder warm noch kalt, sehr angenehm also, so dass ich nachmittags mit Trudys Lehrbuch und meinem Spiralblock im Garten hocke und überlege, was ich essen könnte. Dieses Buch macht mich nochmal wahnsinnig, genauer gesagt: der ernährungswissenschaftliche Teil bringt mich durcheinander. Es ist gar nicht so leicht, selbst für seine gesunde Ernährung zu sorgen, wenn man nicht mehr von Muttern bekocht wird und alles vorgesetzt bekommt. Woher soll ich jetzt Kalzium nehmen, und Vitamin A und Ballaststoffe? Herrjeh wie kompliziert. Ich darf mich am Buffet im Restaurant bedienen oder mit den Angestellten im Hof essen, aber eigentlich habe ich bloß Lust auf Schokolade. Und Ananas. Oder Papaya, auf den Geschmack bin ich auch gekommen. Seit ich hier bin hat mein Magen aber schon etliche Male rebelliert und sich gegen meine experimentellen Nahrungskombinationen gewehrt. Ich streiche also die Ananas von meiner Liste und mache mich auf den Weg in die Stadt. Zentrum, meine ich. Auf halber Strecke kaufe ich eine große Papaya, mamón sagen sie hier, der ich auf der plaza mit dem Heldenpavillion und den Indios mit meinem schweizer Taschenmesser zu Leibe rücke. Ich falle natürlich auf, niemand weißes, großes bekleckert sich sonst auf der plaza mit mamón. Ans Auffallen habe ich mich aber schon gewöhnt. Die Indios sind hauptsächlich Frauen vom Stamm der Maká. Sie verkaufen Rucksäcke und Taschen in weiß und bunt, Gürtel und Holzfiguren und Schmuck, alles handwerklich und sehr verlockend, doch ich halte mich zurück, denn Señor Horsti hat gesagt, die echten guaraní-Sachen wären aus Naturfasern.

Meine letzte Woche als Zimmermädchen geht zu Ende. Ich baue Betten mt Liberata, die nicht mit mir zufrieden ist: „Muchacha qué hiciste! Queda una arruga acá! Enseguida el señor Balaguer va a notar que no hiciste su cama con amor." "Pero yo no amo al señor Balaguer." "Qué importa! Una cama se hace con amor y punto." ("Mädel was hast du denn da gemacht! Hier ist eine Falte! Herr Balaguer wird sofort merken, dass du sein Bett nicht mit Liebe gebaut hast!" „Ich liebe Herrn Balaguer ja auch nicht." „Das ist unwichtig! Ein Bett wird mit Liebe gebaut und Punktum.") So ist das also. Liebe ist faltenfrei. Auch Trudy hat es auf die Betten abgesehen: „Was ist das denn? Wurde etwa unterm Bett nicht gefegt? Das ist ja die Höhe, können die Damen mucamas sich vielleicht nicht bücken?" Liberata guckt mich entrüstet an, aber ich gucke entrüstet zurück, wer schwingt denn hier den Besen, sie oder ich? Puh, so eine Arbeit, gut, dass ich bald in der Küche anfangen werde, und heute ist Samstag und ich gehe ins Britannia, Geburtstag feiern.

Baby Alfons Junior verschläft seine Party irgendwo. Ich bin früh dran, aber das macht nichts, da kann ich besser sehen, wer alles nach mir in den Hinterhof des Britannia geschlichen kommt. Alfons Senior findet das auch praktisch und stellt mich der Reihe nach jedem Eintrudelnden vor, dreißig Mal mindestens: „Inga aus Hamburg, die ist neu hier und kommt jetzt auch immer." Von 13 bis 18 Uhr esse ich mit den anderen Riesenmengen Fleisch, trinke Bier und Coka und wundere mich über die kuriose Mischung, in die ich da geraten bin. Einzelnd sind sie alle ein bisschen merkwürdig und verrückt, aber zusammen sind sie Alfons´ Stammkundschaft. Es gibt ein paar bärtige Mitglieder der Latin Riders, deren schwere Motorräder draußen vom Türsteher bewacht werden, und da sind Eduardo und seine deutsche Freundin Heike („Da bin ich halt letztes Jahr hergekommen, in Deutschland ist es sowieso immer so kalt."), und ein paar Mennoniten aus dem Chaco, ein Bruder und seine Schwester, die betreiben eine Molkerei: „Und? Welchen Yogurt trinkst du?" „Lactolanda Erdbeer." „Genau! So soll es sein, Lactolanda sind wir!" Sebastian ist Koch und fährt nächste Woche zurück nach Deutschland, und ins Britannia hat er zwei Freunde mitgebracht: Igor aus Serbien und Boris aus Hessen. Alle drei sind blitzschnell sturzbetrunken und erzählen Abenteuergeschichten: „Und den Kuhkopf, den hamse eingewickelt in ´nem Erdloch gekocht bis der irgendwie fermentiert war. Konnte man gut essen, magst ja auch nicht nein sagen, wa. Und haste mal Schlange probiert? In Paraguay gibts alles!" Zum Schluss lernen wir von Igor noch alle Hurensohn auf Serbisch, darauf kann man auch anstoßen, „Oros pochucho, salud!", und dann kann ich nicht mehr, Geburtstag zu Ende. Auf dem Rückweg denke ich, daß das fast schon zu viele Deutsche für mich waren.

Ich schlafe vierzehn Stunden wie ein Stein und bin beim Aufwachen glücklich und zufrieden, bis ich auf die glorreiche Idee komme, meinen Regelkalender zu kontrollieren. Und kriege den Schreck meines Lebens. Fast zwei Wochen nach Termin?! Jetzt ist in meinem Kopf nur noch Platz für einen Gedanken: Scheiße.

PANIK

Vor meinem Fenster lässt irgendein Idiot den Motor laufen, minutenlang, würgt ihn ab, lässt ihn wieder an. Es fängt schon an, bei mir drinnen hinter den Scheiben nach Abgasen zu stinken, aber ich sehe und höre nichts. Als der Gestank zu penetrant wird, gehe ich aufs Klo und mache die Tür zu. Dann sitze ich da, auf dem Boden, mit angezogenen Knien und den Kopf auf den Badewannenrand gelegt. Ich versuche, ruhig in den Bauch zu atmen, aber mir wird bloß schlecht vor Angst.

Mami, Hilfe! O.k., nächster Schritt, nochmal die Tage zählen. Mist Mist Mist verdammter, auch noch falsch gezählt, es sind *über* zwei Wochen! Zweiter Schritt: Rechnen. *Kann* das denn überhaupt sein? Rechenergebnis: Ja. Leider kann ich das überhaupt nicht gelten lassen, es darf einfach nicht wahr sein. Ich denke alles durcheinander, es mischen sich Horrorzukunftsszenarien mit Geschichten über Abtreibung, und das ist alles so furchtbar, dass es mich gar nicht betreffen kann. Draußen entfernt sich das Motorengeräusch endlich und ich kehre zurück auf mein Bett. (Bettwäsche waschen) Während ich an die Decke starre, knete und drücke ich meinen Bauch, bis ich fast die Wirbelsäule spüre. Heh Körper, sei netter zu mir, du würdest mir doch sicher mitteilen, wenn ich schwanger wäre? (Heute Nachmittag sind alle mucamas bei Trudy zu Kaffee und Kuchen eingeladen.) Zwei Wochen, was ist das schon... Raus, ich muss hier schnell raus, frische Luft, einen klaren Kopf kriegen. An der frischen Luft fange ich aber an, mich vor mir selbst zu ekeln, als ich an den Ätzkram mit Rafa denke. Was soll ich jetzt bloß machen? Ich weiss gar nichts mehr und kaufe eine Tafel weiße Schokolade mit Müsli und Rosinen drin, von irgendetwas muss ich ja schließlich leben, wenn ich schon nicht sterben darf... Darauf ein Liter Wasser. Jetzt ist mein Bauch voll und rund, was meine Stimmung nicht gerade hebt, und vollends rutscht sie in den Keller, als ich ich in meinem Zimmer einen unter der Tür durchgeschobenen Brief finde. Von Rafa. Zunächst noch gefühlsunfähig überfliege ich ihn, einen schmalzigen Liebesbrief der übelsten Sorte, und danach bin ich zur Abwechslung mal nur noch wütend. Der Brief landet zerrissen, zerstückelt, zertrampelt im Klo und

verschwindet problemlos in der paraguayischen Kanalisation, so klein hatte ich ihn gehäkelt. Dann weine ich ein bisschen, schimpfe ein bisschen laut vor mich hin, und danach bin ich zum Glück immer noch so wütend auf die ganze Welt, dass mir klügere Ideen als Bauchboxen kommen. Vielleicht vielleicht ist meine Regel ja unregelmäßig. Vielleicht stellt sich mein Körper um – anderes Essen, schwere Arbeit... oder es spielt eine Rolle, dass ich die Pille abgesetzt habe, vor zwei Wochen. Packung zu Ende. Hmmhmm. Sehr beruhigende Gedanken. Na schön, dann will ich meine Regel jetzt auch haben! (Kinder die was willen, kriegen was auf die Billen. Was sind die Billen?) Oh, es ist schon 15 Uhr, toll, nur noch ´ne halbe Stunde rumliegen, und ich kann mit den anderen im Auto zu Trudy fahren... Aktion, Ablenkung! Noch dreißig marternde Minuten, in denen ich nur zum Sorgen machen in der Lage bin. Ich bete sogar: „Lieber Gott, bitte mach, dass ich nicht schwanger bin, bitte!" Dann gehe ich mit Zombieschritten los, denn vor dem Eingang warten Trudys Nichte und deren Mann mit den Autos.
Trudy wohnt ein bisschen außerhalb. Auf dem Weg zu Kaffee und Kuchen krachen wir fast mt einem scharf bremsenden Bus zusammen und werden von einem Monsterpickup bedrängt, aber schließlich kommen wir doch noch lebend an und stehen mit viel Ah! Oh! und Wie wunderschön! auf Trudys Terrasse. Sogar ich vergesse, dass ich eigentlich Kummer habe. Dann sitzen wir um den großen Esstisch und lassen es uns gut gehen. Für Liberata, Antonella und die anderen muss es so sein, als wären sie plötzlich in einer anderen Welt. Es ist nicht etwa so, dass uns hier bei Trudy unermässlicher Reichtum umgibt, in dem man

sich gar nicht bewegen mag. Eher ist alles einfach nur schön, pikobello und nett paraguayisch-deutsch gemischt. Wir möchten am liebsten für immer her bleiben, hier ist doch viel Platz, lasst uns umziehen! freuen sich die Zimmermädchen. „Jahahaha", lacht Trudy, „Nein." Wie machen sie das nur, frage ich mich und falle über den Marmorkuchen her. Ich bin keine große Fragestellerin. Alles ist, wie es ist. Vielleicht werde ich ja später mal klüger, interessierter am Zeitgeschehen und frage mehr nach, aber jetzt gerade und mit unnöseligen neunzehn Jahren noch nicht. An meinem Tee verschlucke ich mich dann fast. Oooh, eben wars noch so schön, hatte schon fast den Mist vergessen – neunzehn und womöglich schwanger, alleine und weit von zu Hause weg! Meine Laune fällt zurück auf ihren Tiefpunkt. Ich quäle mich durch den Rest des Besuches, und als ich abends im Bett liege, beschließe ich ein für alle Mal, dass mir das nicht passieren darf und gehe am nächsten Tag in die farmacia, die Apotheke. Gibt es ein regelbeschleunigendes Mittel? Hier, ich jammere, dass mein Bauch so weh tut, all die vielen Umstellungen, eigentlich sollte sie diese Woche anfangen... Ich hätte gar nicht so lange erklären müssen, der dicke Apotheker nickt bloß und sagt: „Claro que tenemos algo", alles kein Problem! Hinter einem Blümchenvorhang bekomme ich eine Spritze seitlich in den Po, ich bezahle, fertig. Es folgen zwei fiese Tage, in denen ich wie ein Waschlappen durch die Gegend schlurfe und nichts mit mir anfangen kann. Nichts macht mehr Spaß. Ich fege roten Staub in Zimmern und Fluren (in Paraguay ist die Erde rot), puhle gedankenlos die Duschabflüsse sauber und schleppe Wäschesäcke. Ich lese ohne zu verstehen in der Zeitung und sitze abends im Britannia, wo ich glasig an die Wand starre und erschrocken wach werde, als ich den Beach Boy Song „Sloop John B." höre. Die wollen mich fertig machen: „Let me go home, I wanna go home, oh yeah yeah, this is the worst trip, I´ve ever been on." Jeiiin, nach Hause geht jetzt nicht! Da wollen sich Tränen aus mir raus quetschen, ich bezahle schnell und springe auf. „Gehts nicht so gut?" fragt mich Alfons, und ich schüttele nur den Kopf, mehr schaffe ich nicht.

Noch einen Tag später kaufe ich in einer anderen farmacia einen richtig teuren Schwangerschaftstest, (made in France, dann muss er ja gut sein?), und der zeigt mir einen Streifen: Usted NO está embarazada. Na denn, auf gehts! Im Hotel könnte ich die Jungs alle an die Wand klatschen, die sind angeblich alle in mich verliebt, und Trudy erzählt mir, ich sei mal wieder im Gespräch bei den älteren Damen, wieso ich denn alleine abends wegginge, aber das geht mir alles am Aaaarsch vorbei. Ich warte nur.

Und endlich fallen mir an einem sonnigen Morgen wahre Hinkelsteine vom Herzen. Nein – noch besser: Mein Herz ploppt vor Glück und Erleichterung raus, fliegt einmal hoch in den blauen Himmel und landet wieder bei mir.

KALTE KÜCHE

In der Mittagspause nimmt mich Trudy beseite und präsentiert mich meinen neuen Chefinnen, Ceci und Chiqui. Also Cecilia und Chiquita, bzW. Claudelina. Wie man bei dieser Frau auf Chiquita als Spitznamen kommen konnte, ist mir schleierhaft. Gut, früher war jeder mal klein, aber jetzt ist sie weder super groß noch klein, und sieht solange typisch paraguayisch aus, bis sie den Mund aufmacht. Dann sieht sie aus wie eine gutgelaunte Hexe in Kochklamotten, mit einem besonders großen, herausstehenden Eckzahn. Oder ist das etwa ihr einziger? Egal, ich soll mit ihr kochen und nicht Zähne putzen. Ceci ist ihre viel jüngere Schwester, schwanger und uncool abweisend dreinblickend, bis sie anfängt, zu reden, dann ist alles lustig. Trudy sagt den beiden: „Chiquita, ella es Inga, la practicante, y mañana ella trabajar contigo. Bien?" "Bien bien Trudy", bellt die Küchenchefin und Ceci grinst. „Bien", sage auch ich, „pronta para el siguiente desastre." Sie lachen, aber ich weiss, dass das nächste Desaster nur auf mich wartet. Bisher ist mir noch auf jeder Praktikumsstation im Hotel irgendetwas schief gegangen. Danach lief dann aber immer alles reibungslos. „Inga habla mejor español que tú, Trudy", stellt Chiquita fest. „Jahaha", lacht Trudy, „pero yo jefa."

Hm, denke ich, als ich über den Parkplatz zurück in meine Bude schlendere. Köche sind alle verrückt, weiss doch jeder, und das sind die Leute mit den Messern in der Hand. Christines Exfreund wollte auch Koch lernen, bei Mövenpick, und schmiss nach einer Woche Salat putzen und schneiden das Handtuch. Pa!, Schwächling, mich werden sie nicht klein kriegen. Kann er denn jetzt Salat waschen? hatte ich Christine gefragt, und Nee! hatte sie losgegackert, und ich auch. So´n blöder Kerl.

Am Ende läuft dann alles ganz sutje an. In der Büglerei bekomme ich ein mützenartiges weißes Kopftuch, hinten zum Zubinden, und eine blaue Schürze. Die Büglerinnen betüddeln mich und machen einen Aufstand, als ob die Prinzessin zur Anprobe für den nächsten Ball gekommen wäre. Wahrscheinlich wollen sie danach tratschen, wie eng ich die Schürze schnüren konnte (das este Modell wickelte sich dreimal um meinen Bauch, das zweite ließ hinten alles frei, „Ay Dios mío así no va!", Geschnatter auf guaraní, die Modedesignerinnen sind sich uneinig, was könnte der Praktikantin denn passen, worin schicken wir sie denn auf den Laufsteg – eh in die Küche...), aber ich habe gar nicht vor, taillenbetont und geschnürt wie Schneewittchen bei Chiqui und Ceci zu erscheinen. Die schicken mich gleich wieder zurück, ich soll saubere (und gebügelte?) Wischlappen holen. Dort ist inzwischen alles Routine, es zoffen sich noch zwei andere Köchinnen um die Lappen und Ña Porfiria, die Büglereichefin, fragt mich feststellend: „Así que vas a cocinar?" „Sí", sage ich. Alle nicken zufrieden. „Sabés cocinar?" Kannst du kochen?, fragt mich die eine Köchin, und „No", sage ich. Jetzt kichern sie. Na denn man tou, wird schon schief gehen, wenigstens hab ich die Lappen ergattert. Außerdem bin ich, seit ich wieder o.b.´s benutze, von Grund auf und so gründlich glücklich, dass mich rein gar nichts erschüttern kann. Glücklich schwebe ich mit meinen Lappen zurück in die Küche und werde von Ceci mit der matschigen Aufgabe betreut, die Dipp-Schälchen aufzufüllen. Wir sind die kalte Küche, la fiambrería, was ein irreführender Ausdruck ist, weil wir auch die heißen Rechauds für das Mittags- und Abendbuffet machen. Sowie natürlich alles an Salaten und Beilagen. Während ich an meinem ersten Tag da sitze und hundert Wachteleier pelle, kann ich ein bisschen beobachten: In der fiambrería arbeitet als 4. im Bunde noch Irma salada (Salz-Irma), und Irma dulce (Zucker-Irma) lernt bei Benito, dem

Süßspeisenkoch und Konditor. Weiter hinten in der Küche an dem großen Holzofenherd arbeitet Rosa mit ihren Gehilfen. Sie kochen das Angestelltenessen und erledigen die Bestellungen von der Speisekarte. Rumherum wird abgewaschen, abgetrocknet und verstaut, es knallen Kühlschranktüren, es laufen Kellner durch den Gang und werden misstrauisch und böse beäugt, wenn sie sich an den Kühlschränken zu schaffen machen. „Was willst du!" zischt die Chiquita Hexe, und jeder Kellner zuckt zurück. Hier ist unser Reich! Wer das total aber total ignoriert, sind die alten Damen der Hotelfamilie, allen voran Doña Hilda, Señor Horstis Mutter, der bei ihren Stippvisiten immer drei kleine Hunde als Gefolge hinterher laufen, bis Trudy ihr das irgendwann vorsichtig aber eindringlich untersagt. In der Küche doch bitte nicht mit den Hunden. Wenn ein neuer Vorrat Obstsalat geschnippelt worden ist (von den Damen und mir), kommt Señora Gudrun mit Whiskyglas und Zigarrettchen angestöckelt, macht auf halbem Wege kehrt und bringt beides zurück ins Esszimmer. Dann kocht sie aus Apfel- und Ananasschalen Saft, und dabei erzählt sie mir ihre Erinnerungen an Hamburg, wo sie zur Schule gegangen ist. „In Hamburg ist es schön, ja?" „Ja", sage ich mit Überzeugung. „Ach ich erinnere mich gar nicht mehr richtig", sagt Gudrun, dann trippelt sie zurück zu Glas und Kippe. Irgendwie ist sie niedlich, die alte Dame.
Chiquita und Ceci merken nach und nach, was sie alles mit mir anstellen können, wozu sie mich gut gebrauchen können. Auch, wenn ich am Anfang ziemlich ungeschickt bin und ihre Anweisungen nicht immer richtig verstehe (fatal vor allem in Stresssituationen), schaffen sie mit zwei Händen mehr und schneller, so

dass Chiquita nach unserer Kaffeepause plötzlich Zeit zum Rezeptewälzen hat. Das interessiert mich sehr. Ich erzähle aus Mutters Küche und vom deutschen Essen, und wir beschließen, dass wir den Gästen abends auch mal Pellkartoffeln mit Kräuterquark anbieten könnten. Sofern ich die Quarkmischung mache, allerdings ohne echten Quark, den gibt's hier nicht. Ups, ok., mein erstes kulinarisches Werk, es muss klappen! Ich mische eine ganze Weile, aber dann bin ich mit meiner Kräuterquarkimitation zufrieden und die Küchenchefin auch. Buffet geht raus, wir warten gespannt. Als ich gerade mit dem Oberkörper im Kühlschrank stecke, um die Nachschubsalate besser zu verstauen, kommt Señor Horsti in die Küche geplatzt. „Chiquita!" „Sí Señor!" „Qué era eso en el bufet, esa salsa de ricota!" Was war das für eine Quarksauce? Jetzt tauche ich aus meiner Tarnung auf. Señor Horsti hat Schnittlauch am Stoppelbart kleben. „Ah, la alemana. Was war denn das?" „Sie meinen die Pellkartoffeln?" „Ja. Das war ja ganz besonders lecker." Und er guckt mich so wohlwollend an, als hätte er mich eben zum ersten Mal richtig wahrgenommen.

Eigentlich kann ich aber nur eins richtig gut: Petersilie hacken. Und so hacke ich denn, zackzackzack, schnell und fein. Deshalb finden sich binnen kurzem noch mehrere andere Gemüseberge vor mir ein: Zwiebeln, Paprika, Mohrrüben, die wollen auch alle gehackt und zerkleinert werden. Doch nach vier Tagen fröhlichen Messersausens treffe ich auf Mausi. Señora Mausi, und die hat es auf mich abgesehen. Von nun an muss ich schälen und schneiden, was ich zunächst „grauenhaft schlecht" erledige. „Wo hast du denn Kortoffelschälen gelernt!" „Gar nicht." „Du musst dünner schälen, bei dir landet ja die halbe Kartoffel im Mülleimer!" Auch mit Tomaten habe ich kein Glück. „Dünner!" „Ich kann nicht!" „Noch dünner!" Außerdem ist Mausi schlecht zu Fuß, weshalb sie mich weidlich ausnutzt und selber dick, scheinbar nie lächelnd und 80jährig auf ihrem Stuhl sitzen bleibt und sich zureichen lässt. Sie will und will auch einen Teil der Küchenarbeit erledigen (sonst langweilt sie sich wahrscheinlich) und macht zB. die fünfzig Sandwiches für die Teegesellschaft. Bin ich froh, dass ich die nicht essen muss, denn inzwischen hat Mausi mich dermaßen fertig gemacht, dass ich mich sehr zusammenreißen muss, um nicht unhöflich zu werden. Ich renne von einem Ende der Küche zum anderen, hacke, schneide und schäle, hole dies und hole jenes, und kaum habe ich eine Sache angefangen, kräht es aus der anderen Ecke: „Inga, bring mir die Servierschale! Inga, trag mir den Krams hier zum Abwaschen...." Zur Erholung und damit ich nicht durchdrehe, arbeite ich nur vormittags in der fiambrería und helfe nachmittags Irma dulce. Torten, Flan und Milchreis sind ja so entspannend! Irma ist ziemlich dumm, nichts als Zucker im Kopf, aber dafür ist sie völlig gutmütig und ruhig, was mir zugute kommt, als ich die große Edelstahlrührschüssel mit dreißig Eiweiß drin fallen lasse. *Das* ist vielleicht eine Schweinerei! Ich brauche viele viele Lappen, um den Glibber aufzuwischen, aber Zucker-Irma meint nur: „Ay Dios mío", und geht neue Eier für den Biskuitteig holen. Danach färbe ich noch einen Kiwikuchen quietschgrün, aber das wars dann auch mit den zu erwartenden Malheurs, die mir wohl passieren mussten.

In der fiambrería sind wir inzwischen ein gutes Team geworden, fast schon eingespielt, und als unsere

Teamchefin Donnerstag verkündet, am Wochenende hätten wir eine Hochzeit mit fünfhundert Gästen, bin ich die einzige, die aufgeregt wird. Ceci fragt bloß: „Y qué vamos a cocinar?" Was sollen wir kochen? Chiquita hat das Menü schon im Kopf und ich gucke zu, wie sie die Bestellscheine ausfüllt. Wo gehen die denn hin? „Para el depósito." Aha, das Lager, und wo ist das? „Alláaaaa en el fondo donde está Marga." Oh, das klingt ja so, als würde in den Tiiiiefen der Küche ein Ungeheuer lauern, wer oder was ist denn Marga? Zehn Minuten, nachdem die Liste mit den Bestellungen weg ist, weiss ich Bescheid. „Chiquiiiii!" quietscht eine schrille Stimme durch die Küche, und es erscheint eine Frau, die groß und rund und hässlich, blondgefärbt und picklig ist. Sie schwankt beim Gehen von einem dicken Fuß auf den anderen und wedelt sich mit Chiquis Liste Luft zu. Dann streiten sich die beiden. Chiquita bellt, Margarita quietscht. Ich verstehe bloß Filet und Bohnen, und Ceci hat den Kopf zwischen die Arme auf die Tischplatte gelegt, damit niemand ihr unterdrücktes Lachgesicht sieht. „Was ist denn los, qué pasa?" stupse ich sie an. Ceci dreht mir den Kopf zu und sagt: „Marga no nos quiere dar las cosas." Marga will nichts rausrücken?

Die Hochzeit verläuft problemlos. Wir schicken das Buffet raus, schärfen den Kellnern noch ein, das Kondenswasser aus den Rechauddeckeln nicht auf Bohnen und Filet tropfen zu lassen, und dann stehen wir in unseren verschwitzten Kochmützen und fleckigen Schürzen hinter der Tür und gucken uns durch den Spalt die fünfhundert Feiernden an. Alle schick gemacht, viel Pompom und hohe Absätze, aber alle müssen sie erst an Señora Trudy vorbei. Die steht vor dem Saal und begrüßt die Gäste mit einem freundlichen Kopfnicken, „Buenas noches", doch so, wie sie guckt, heißt das: Und wehe, ihr benehmt euch nicht! Am Ende werden dann aber doch alle cachaca tanzen.

„Haste die gesehen?" flüstert mir Atilio zu, „Die hat bestimmt keine Unterhose an unter dem engen Kleid!" „Y qué te importa", flüstere ich zurück, kann dir doch egal sein! „Todas las mujeres bonitas me importan, sobre todo si no tienen -" der Rest geht im Kichern und Flappen unter, als Ceci und Irma ihm ihre Lappen um die Ohren klatschen. Alle hübschen Frauen gehen mich was an, meinte Atilio, vor allem, wenn sie keine – oh! Lausejunge! Flegel! Klatsch, flapp, und Atilio flüchtet zurück ins depósito, wo er Marga aufräumen helfen muss.

Wenn alle feiern, will ich auch. Ist erst 22 Uhr, und ich bin total fit. Salz-Irma wird bis zum Schluss bleiben, alles wegpacken und in der Wäscherei übernachten, und morgen brauchen wir eh nur wenig zu machen... Ich gehe ins Britannia. Hinter der blau-weiß-roten Fassade summt es wie in einem Bienenkorb. Super Stimmung liegt in der Luft, alle sind aufgekratzt und durstig. Ich auch, von der Arbeit und vom Fußweg, und mit einem Schluck ist mein Bierglas leer. Ein runder, gutgelaunter Typ im Rugby T-shirt guckt mir zu und meint: „Alemana." „No", sage ich, „es cerveza paraguaya." Echtes deutsches Bier hätte ich nicht so runtergestürzt, und dann fachsimpeln wir eine Weile und der Abend hat begonnen. Rugby-Oscar bringt einen Toast aus: „Por María! Por Alfonso! Por los tigres! Oros pochucho!" Ach so na klar, daher kannte ich Oscar also, vom Geburtstag! Wir ergattern einen prima Platz, in einer der zwei Sitzecken im Schankraum. Von hier habe ich den totalen Überblick. Es erscheint eine große Gruppe Amerikaner, angeführt von einem langhaarigen, blonden Hünen. „Ellos son del peace-corps", erzählt mir Oscar. Die Friedensstifter holen Bier und verschwinden nach draußen. Schaaaade denken alle Single-Mädchen. „Qué hacen ellos?" Was machen die denn so? frage ich, und Ken, der Engländer, antwortet: „They work everywhere. Try to improve poverty, and they are so peaceful!" Als nächstes kommt ein Mädchen mit spitzer Nase und vielen Ketten, und Ken freut sich: „Oh, we are from the same tribe! Liz, she´s English and she´s crazy. Let me introduce you." Liz ist vor allem nett und lustig, wir quatschen und lachen, als würden wir uns schon lange kennen. Ihr Praktikum ist in zwei Wochen zu Ende. Ich bin plotzlich traurig, weil ich gar keine Freundin in Paraguay habe. Mal wieder richtig mit jemandem re-den, zur Abwechslung vielleicht auf Deutsch, ach ja... Ich zucke für mich selbst die Achseln. Egal, fürs erste muss Britannia-smalltalk reichen. Zehn Minuten später lerne ich endlich den Typen kennen, der mir schon früher aufgefallen war. Dino. Irgendjemand sagt: „Dino, ella es Inga", und wir fangen an zu reden. (Es ist bei-nahe lächerlich, wie einfach man jemanden kennen-lernen kann. Wenn ich daran denke, was für einen Auf-stand wir in Hamburg immer gemacht haben... Christine: Geh du rüber und grüß ihn von mir. Inga: Geh doch selber! Ch.: Nein, das ist uncool! Frag ob er Feuer hat! I.: Ich rauch doch gar nicht – hat er jetzt rüber geguckt? Ch.:Oh shit sie gehen.... So in dem Stil. Sehr kompliziert.) Faith No More – Bart, Haare eher lang als kurz, rot-schwarzes Holzfällerhemd, bisschen kleiner als ich, wie könnte es anders sein. Und reden kann er wie´n Wasserfall. Lustig wirds, als ich feststelle, dass er der Balduino ist, über den neulich was in der Zeitung stand. Seine Mutter und sein Bruder hatten Dinos gesamte Plattensammlung verbrannt, weil ihnen das alles zu satanistisch war und der Teufel aus dem Haus getrieben werden musste, wo Dino allerdings immer noch wohnt (dumm gelaufen). In dem Artikel wetterte er gegen die Sekte, der Mutter und Bruder verfallen sind, und die Zeitung schrieb dann gleich noch ausführlicher über Satanismus, aber das interessierte mich nicht sonderlich, denn was gibts darüber noch neues zu sagen? Viel wichtiger ist, dass hier jemand gute Musik hört. „My Dying Bride", sage ich, Dino strahlt, und Alfons haut ihm auf die Schulter: „Por fin encontraste alguien para hablar?" Endlich jemand zum Reden gefunden? Der Metal-Wasserfall bringt mich gegen 1 Uhr sogar nach Hause, er wohnt hier in der Nähe. Dann falle ich hundemüde und zufrieden ins Bett. Mann, also küssen würde ich diesen Kerl nie, aber kennen ist gut. Kennen ist viel besser als küssen. Als ich sieben Stunden später verkatert in der Küche sitze, bin ich immer noch zufrieden. Mausi kann mich mal kreuzweise, das Knallen der Kühlschranktüren dröhnt in meinem Kopf und Marga wirft mich fast über den Haufen, als wir uns im Gang aneinander vorbei-quetschen, aber mich kratzt das alles nicht. Easy.

Meine Stimmung erfährt eine der berüchtigten Para-guayschwankungen, als ich nach der Arbeit an der Rezeption vorbei gehe und Ariel mir einen Brief und ein Fax aushändigt. Heute eingetroffen. Das Fax lese ich zuerst, weils schon offen ist. Von meinem Ex-Freund. Der erst jetzt richtig merkt, dass wir nicht mehr zu-sammen sind. Weil ich scheiße bin und nicht vor dem Abflug Schluss machen konnte. Und warum überhaupt.

Und nicht mal von seiner Tante bekäme er so lieblose Post wie von mir. Autsch, jetzt hat ers geschafft und mich fertig gemacht. Ich hasse Faxe, die sind so direkt! Und schreiben tue ich ihm nie wieder! War auch ein Fehler, entweder ist Schluss oder nicht. Blöde Inga. Mal sehen, ob mich der Brief wieder aufbaut. Von meiner Mutter. Ich lese und bin deprimiert. Zu Hause ist alles wie immer, nichts besonderes passiert, mein Bruder dies und mein Vater das, und ich fühle mich schlecht, weil ich denke: Bloß gut, dass ich weg bin. Oh, Thema weg: Señor Horsti sagt, am Ende des Monats bekomme ich eine Woche Urlaub, weil ich so fleißig bin, und ich werde mit Hinnrichs Frau Sylke nach Independencia in die Deutsche Kolonie fahren.
Zum Oktoberfest.

INDEPENDENCIA

Ich treffe Sylke am Busbahnhof. Um 4 Uhr morgens. In die Kolonie fahren die Busse echt nur zu Unzeiten! Trotzdem ist unserer vollbesetzt. Alle dösen vor sich hin, und auch ich werde erst mit der aufgehenden Sonne wach. Ist das ein herrliches Gefühl, bequem durchs schöne Paraguay zu rasen! Es riecht nach Land und roter Erde, alle Geräusche sind anders, *ich* bin hier anders und nehme alles doppelt bewusst in mich auf, ich bin glücklich dabei mit allen Sinnen. Das berühmte Abenteuer-Freiheitsgefühl im Bauch. Gegen 6 Uhr steigt eine Chipa-Verkäuferin zu uns in den Bus. Wir sind im Chipa-Dorf, hier werden besonders gute Maismehlkringel gebacken und an die frühstückshungrigen Reisenden verkauft. Toll macht sie das, den großen, flachen Korb auf dem Kopf balancierend wandert sie durch den Gang und verkauft einhändig. Sie steckt die Hand in eine kleine Plastiktüte, greift in das Tuch im Korb, in das die heißen Chipas eingeschlagen sind, und überreicht sie in der Tüte. Das beste Busfrühstück, das ich je gegessen habe: rund, lecker, außen knackig, innen klebrig. Super. Mit Anissamen. In Villarrica steigen wir aus und verstauen unsere Rucksäcke in Sylkes rotem VW-Käfer, der sicher wie in Gottes Hand neben der Kirche parkt. Auf dem Land ist eben alles más tranquilo als in Asunción. Es geht weiter nach Independencia. Fast bauen wir auf der Landstraße einen Unfall, als plötzlich eine Kuh vor uns auftaucht, aber Sylke hupt sie weg, kriegt einen Lachanfall und drückt das Gaspedal wieder durch. Sylke ist lustig. Sie erzählt verrückte Geschichten aus der Kolonie, viele Einzelschicksale und Familientragödien, Geschichten von Hinnrich und aus ihrer DDR-Zeit („Ich sage: Det ist meine Lieblingsjacke! Und der Hinnrich sagt: Sowas hässliches hab ich ja noch nie gesehn!"), aber was sie von den verrückten Deutschen hier erzahlt, kann ich in den nächsten Tagen nicht ganz nachvollziehen. Soooo durchgeknallt finde ich die gar nicht. Deutsche Bauern in Paraguay. Mit dem Pferd zur Schule. Mofa fahren. Mädchen gucken. Pickel verstecken. Voll normal die Schule von Sylke. Und alle sind nett und zuvorkommend. Sylke sagt: „Und det hier ist mein Schlimmster, wa?", und nimmt ihn in den Arm, dass er einen roten Kopf kriegt. Wir besuchen auch ein paar Familien zu Hause. Dort sieht es anders aus als bei Trudy, nämlich selbstgemachter, selbstgebauter, oder eben eingelebter, denn die Kolonie wurde ja von den Urgroßvätern gegründet. Das Deutsch klingt auch dementsprechend komisch. Aber immer nett. Wir reden über das Problem des Käsekuchens ohne Käsekuchenhilfe (war mir neu, hab noch nie selber Käsekuchen gebacken, auch nicht für Pinki), über das Schietwetter in Deutschland, den Hausbau und die Kinder. Die wollen uns lieber die Pferde und den neuen Trekker zeigen. „Ihr kommts doch auch zum Chop-Fest?" Klar kommen wir! Am Abend vorher stößt Katrin zu uns, eine Freundin von Sylke aus der Deutschen Botschaft. Wir sitzen zu dritt in der Lehrerwohnung in der Schule, und mich ödet plötzlich alles an, denn Sylke erzählt Katrin alles haarklein, was sie mir auch schon erzählt hat – oh supernervig. Wie kann man sich bloß zweimal für die gleichen Geschichten begeistern, mit der gleichen Begeisterung erzählen? Ist das lehrerinnentypisch? Auf jeden Fall ist es zuviel Klatsch und Tratsch für meine entwöhnten Ohren, ich gehe schlafen. Man muss schon entscheiden können, was man toll findet und was nicht.

Auf dem Oktoberfest sind wir dann aber vereint und bereit, persönlich für neuen Gesprächsstoff zu sorgen. Mein erstes Oktoberfest überhaupt! Mit Blasmusik, Bierhumpen und Bierzeltbänken, so solls wohl sein! Zünftig und hammerhart. Wir lassen uns treiben, ich staune Bauklötze, und drei Humpen später stürmen wir die volle Tanzfläche, wo wir hemmungslos zum Nr. 1 Hit der Saison abhotten: „By the rivers of Babylon". Village People. Sylke ruft mir zu: „Independencia ist wie Deutschland vor fünfzig Jahren!" Dann hakt sie mich und Katrin unter und wir hüpfen davon.

Am Tag darauf sind wir urlaubsreif im Urlaub. Als Sylke wieder voll reaktionsfähig ist, fährt sie uns zu einer Art Campingplatz, wo wir heute die einzigen sind. Der Rest der Kolonie hat noch viel länger gefeiert als wir. Es gibt hier einen Bach zum Baden, und wir legen uns rein. Jetzt sind wir alle drei Naturkinder. Überall nur Grün, klares Wasser und blauer Himmel – und Moskitos und Saugfische! Sind das etwa Blutegel? Mir egel verdammt, sofort ab mit den Biestern! Kleben noch zwei am Bein und am Rücken, aber richtige Egel sind das nicht. Bloß genauso eklig! Ich habe genug von der Natur und dem Bikini und setze mich ins Auto zum Proviant.

Der liebe VW kutschiert uns auch in den folgenden Tagen unermüdlich durch die hügelige Pampa. In einem Dorf lassen wir uns die Haare schneiden, im nächsten kaufen wir aho po´i, typische Baumwollsachen, und noch ein Dorf weiter machen wir Pause an der Tankstelle und Sylke führt ein psychologisches Vertrauenslehrergespräch mit einem ihrer Ex-Schüler. Niemand liebt ihn, er fühlt sich hier nicht dazugehörig, er will sich auch gar nicht anpassen, aber Sylke macht ihm Mut und baut ihn wieder auf. Sie hat sich auch längst über den neusten Kolonieklatsch informiert: Es gab nach dem Oktoberfest nur zwei Tote! Trunkenheit am Steuer, was sonst, aber ein absoluter Rekord. Einen Tag später verliebe ich mich, und zwar in ein Fahrrad. Schwarz glänzend mit goldenen Drachen, aus China, seitlichen Hebelbremsen, Dynamo, Luftpumpe, alles original. Es gehört Dirk, auch ein Ex-Schüler von Sylke, und soll verklauft werden, denn Dirk braucht Geld. Er plant die Auswanderung nach Deutschland. Ich helfe ihm gerne dabei und habe danach folgende Probleme: Wird mein neues Fahrrad den Transport mit dem Bus heil überstehen? Werde ich die Radfahrt vom Busbahnhof zum Hotel überleben? Zweimal „Ja", wenn ich auch Blut und Wasser dabei schwitze. Mehr auffallen geht nicht, es sei denn, ich wäre blond. Mit allerletzter Kraft und blankliegenden Nerven erreiche ich mein Ziel, wo ich den Rucksack auf die Terrasse und mich daneben fallen lasse, von Raúl halb bewundert halb bemitleidet. So ein Zufall, Raúl der Student und seine Freunde putzen gerade ihre tollen Rennräder auf dem Hotelparkplatz – wo um Himmelswillen wollen sie in Asunción denn mit *denen* fahren? Ich zum Beispiel werde mich nur noch dreimal in den Sattel schwingen, danach aufgeben und das Fahrrad als Kleiderständer in meinem Zimmer benutzen, und weil sich leider eindeutig herausstellt, dass ein Fahrradtransport per Schiff oder Flugzeug nach Deutschland nicht infrage kommt, werde ich es kurz vor meiner Abreise Lisandro schenken. Bei Liebe auf den ersten Blick denkt man einfach nicht an die Zukunft.

Nach verbrachter und genossener Urlaubswoche sehe ich trotz allem so gut und erholt aus, dass Señor Horsti mich sofort wieder für die Kalte Küche und den Nachtisch einspannt. Es gibt sehr viel zu tun. Die Temperatur steigt täglich, angeblich ist bald Weihnachten, da wollen die Leute essen und feiern. „Und außerdem bestellen sie bei uns Apfelstrudel, den zu machen lernst du bei Benito. Wir verkaufen den ganz teuer! Back mir schön viele Apfelstrudel Inga!" Kaum der Deutschen Kolonie entronnen, geht das Deutschtum im Hotel weiter. „Estrrrrudel"! Mit Chiquita und Ceci machen wir Waldorfsalat und Zunge in Vinaigrette. Bä!, nie im Leben würd ich das essen! Schlimm genug, die Dinger kochen und pellen zu müssen. Als ich danach am Spühlbecken stehe und eine Schar nackter Minihühnchen wasche (dieselben, die lebend Wachteleier für uns gelegt haben), geht draußen am Fenster plötzlich eine paraguayische Elvis Ausgabe vorbei, nur viel kleiner und in schwarzer Lederjacke. Dieser Typ schmalzt unter seiner Stirntolle hervor „Hola linda" zu mir und meinen Wachteln, dann ist er weg und ein anderer Junge rennt hinter ihm her zur Wäscherei. Das waren Vicente und Ovidio, die neuen peones, die Arbeiterjungs in den weinroten Overalls. Salz-Irma erzählt mir das und verdreht die Augen. Mittags essen wir Angestellten Locro. Das finde ich toll! Eintopf mit Fleisch, Markknochen, Gemüse und weißen Mais-körnern ohne Schale, und die heißen Locro. Ceci und Salz-Irma puhlen sie naserümpfend aus ihrer Portin raus und geben sie mir. Immer her damit! An den Jungstischen reden sie über Frauen (über uns, um genau zu sein), an unserem Tisch reden sie über Männer, aber eigentlich verstehe ich nur die Hälfte, höchstens, denn Guaraní hat ziemlich wenig mit Spa-nisch zu tun. Selbst die „einguaranieten" Wörter, die Neuschöpfungen, sind nur schwer verständlich. He´e heißt Ja und nahániri Nein, porã heißt Gut und vai Schlecht. Ich muss mal wieder Vokabeln lernen. „N ´daipori problema!", freut sich Chiquita, ihre Tochter María kann mir ihr altes Guaraní Schulbuch schenken. Und ich nehme mir vor, bei meinem nächsten Stadt-bummel ein Wörterbuch zu kaufen.

Und dann machen wir Apfelstrudel. Weil wir so viele Bestellungen haben und so viele Feiern stattfinden, ist der Konditor Benito jetzt auch Nachmittags noch da und klärt mich auf: „Una carta de amor hay que poder leer bajo la masa del estrudel." Soooo dünn soll der Teig sein, dass man einen Liebesbrief darunter lesen kann. Sehr hübsch. Mit zarten Fingern ziehen wir ihn zu dritt in die Länge und in die Breite, Benito, Zucker-Irma und ich, dann kommt der Belag drauf, alles wird eingerollt und bepinselt, fertig. Ein 1,50 m langer Apfelstrudel liegt vor uns. Wir backen gleich noch drei, und zum Schluss darf ich mir was vom Nachtischbuffetwagen stibitzen, bevor er rausgerollt wird. Ich brauche nicht lange zu überlegen: „Eso, quiero eso." Benito: „Aaah, eso, ajaja..." Inga: „Qué es?" Benito: „Estrellas de Belgrado". Belgrader Sterne? Er sagt das so schwärmerisch, als wärs Nektar und Ambrosia, aber als ich reingebissen habe, weiss ich, er hat recht. Ooooh..... Ich werde ganz schwach und schwelge in Zeitlupe weiter, und danach bin ich süchtig nach Belgrader Sternen. Mausis älteste Enkelin lustigerweise auch, und daher kommt es, dass der alte Benito von gleich zwei jungen Mädchen umlagert wird. Jedesmal, wenn er die Objekte unserer Begierde backt, schenken wir ihm das schönste Lächeln, die längsten Beine, wir schmeicheln ihm, aber Benito ist ein harter Brocken. Und Spaß macht es ihm obendrein! (Was hat er, was wir nicht haben, denken die Jungs in der Küche.) Ich brauche das Rezept. Endlich rückt es der Herr Konditor raus, und auf den ersten Blick scheint alles ganz simpel, aber Benitos Belgrader Sterne in Asunción sind unnachahmlich.

Im Shopping bekommt man alles. Aber das ist nicht mein Stil. Lieber nehme ich einen Bus in die Stadt. Inzwischen habe ich Busfahren gelernt, d.h., ich kenne zwei der tausendmillionen Linien, die Asunción laut, bunt, klapperig und in einem Affenzahn durchkreuzen. Einsteigen muss man zur Not auch, wenn der Bus schon angefahren ist, quetsch as quetsch can be, zum Anhalten an der Strippe ziehen, die längs unter dem Dach gespannt ist, dann klingelt es, und wenn der

Fahrer will, hält er auch, irgendwie, irgendwo, irgendwann... In der Stadt kenne ich von meinen Streifzügen einen Buchladen und die beiden Bücherpavillions auf der Plaza Uruguay. Dort gerate ich in einen Kaufrausch und erstehe außer einem Guaraní-Spanisch Wörterbuch auch gleich noch ein Lehrbuch, „Hijo de hombre" von Roa Bastos und zwei Bücher über die Makás. Von dem schönen dicken Buch über paraguayische Heilpflanzen kann ich mich so gerade noch trennen, denn selbst ich sehe ein, dass soetwas zurück in Deutschland ziemlich unnütz ist. Während American Express für mich bezahlt, werde ich von Moskitos zerstochen, und auf dem Heimweg von einem Regenguss durchnässt. Soviel zu meinem Stil.

Wenn es in Paraguay regnet, dann richtig. Guss ist viel zu kurz für die Massen Wasser, die vom Himmel fallen. Außerdem sind die Tropfen viel größer als anderswo. Mit hundert kann man sich die Haare waschen! Trotzdem bin ich glücklich. In Hamburg bin ich nie mit einer Tüte neuer Bücher klatschnass geworden und dazu noch den Flutwellen vorüberfahrender Autos ausgesetzt gewesen. Nein. Aber gerade deshalb kann ich nur über mich lachen, ich stehe ständig völlig neben mir und wundere mich, dass ich in Paraguay durch die Gegend laufe. Alles Neue und Fremde macht mir Spaß. Jedenfalls zunächst. Der Vorteil des Vergänglichen – jeder negative Mist geht vorbei. Der Regen hört auf, kurz darauf knallt die Sonne wieder vom Himmel, und ich fühle mich ausgelaugt. Alles nass und heiß, es dampft. Meine Klamotten tocknen schnell, aber die hohe Luftfeuchtigkeit macht mir zu schaffen. Der dicke Oscar und der dünne Osvaldo, die gegenüber meiner Bude ihr Büro haben und irgendwelche Hotelangelegenheiten verwalten, gucken mich mitleidig und belustigt an, als ich wie ein menschgewordener Wassertropfen in der Tür auftauche. „Qué te falta, preciosa?" schleimt Osvaldo, was fehlt dir, Schönheit? Ich weiss schon, dass das bloß Floskeln sind, möchte gar nicht wissen, zu wem er noch alles preciosa sagt, und klebe lediglich meine verschwitzte Stirn an den Türrahmen. „Ya sé", strahlt Oscars rundes, bolivianisches Gesicht hinter schmalen Brillengläsern, „tienes que tomar tereré!" Ich bin zu keiner sinnvollen Reaktion fähig und sauge artig an der bombilla, die er mir hinhält. Heißer Mate und eiskalter tereré werden mit bombillas getrunken, Strohhalmen aus Metal mit Sieb unten dran. Oscars steckt in einem silberbeschlagenem Kuhhorn. Also so eins will ich später auch mal haben. Die yerba mate paraguaiensis darin sieht kalt aufgegossen genauso aus wie heiß, nur ohne Schaum, und ist total erfrischend, aber total! Mehr davon! So kann ich den Sommer überstehen! Eigentlich hätte ich auch schon früher mit dem tereré anfangen können, aber es war mir gar nicht aufgefallen, dass alle im Hotel von heiß zu kalt gewechselt hatten. Nach einer halben Stunde mit Oscar und Osvaldo bin ich aufgeputscht und kann die halbe Nacht nicht schlafen. Na denn, höre ich eben Angina Pectoris, langsam kenne ich das tape auswendig. Dino hatte irgendwas von Norwegischen Metalbands erzählt, Viking-Metal, ein toller Vikinger wäre er wohl selber gerne, und wenn ich mich recht entsinne, hatte er auch versucht, Norwegisch zu reden, aber das hatte ich mit „Tak" abgewinkt. Ich habe Schwedische Verwandte, mir kann er nichts vormachen! Ach, die haben es gut in Schweden, der Oktober ist sicher schön dort, schön kalt... hier wird es andersherum entsprechend heißer. Die Klimaanlage in meinem Zimmer beharrt auf „lau". Das blöde Ding, lauwarme Luft, als mir im Juni kalt war, und lauwarm bleibt das Gebläse, als ich jetzt auf meinem Bett liege und nicht schlafen kann. Wenigstens trocknet es meinen Schweiß, solange ich mich nicht bewege.

In der Küche geht alles wie gewohnt weiter: Vormittags fiambrería, nachmittags postre, aber nur bis um 15 Uhr. Um 15:15 Uhr bekomme ich überraschend einen Anruf. Zulma von der Rezeption hält mir den Hörer hin: „Una chica pregunta por vos." Ein Mädchen? Wer denn? Wer sich an mich erinnert hat, ist Yazmín. Dazu muss ich erklären, dass ich vor einem Jahr über Weihnachten schon mal in Paraguay war, zusammen mit unseren paraguayischen Freunden aus Hamburg. Als vorgezogenes Abigeschenk, damit ich schon mal einen Blick auf das Land werfen konnte, in dem ich dann nach dem Abi mein Praktikum absolvieren würde. Nur war ich damals nicht aus Autos und Swimmingpools rausgekommen und hatte entspreched wenig vom Land erlebt; gesehen schon, aber eben nur als Tourist, und das auch noch inmitten der upper class. Und auf einer der vielen Reicheleutepartys hatte ich Yazmín kennen gelernt, deren Mutter eine Schulfreundin der Mutter unserer Freunde ist, die nun vor kurzem sämtliche Adressen und Telefonnummern ausgetauscht hatten, darunter auch meine im Gran Hotel. Noch am selben Nachmittag bin ich mit Yazmín verabredet, sie holt mich ab. Es wird ganz furchtbar nett. Ihr Freund, ihr Haus, ihre Eltern, sie selbst – alles nett, und ich denke schon, dass ich jetzt vielleicht doch die Freundin gefunden habe, die ich so vermisst habe. Wenn alles furchtbar nett ist und mir ganz normal vorkommt, dann gehört Yazmíns Familie wohl zur Mittelschicht. Ich komme auch aus der Mitte. Vor zwei Jahren hatte ich außerdem Cartassos kennen gelernt, und die waren eindeutig Oberschicht, very high society. Neureich, übermütig, grandios großzügig, dick und geschäftstüchtig, vor allem die Dame des Hauses, Juanita, sowie ihre Töchter. Papi Cartasso (ich kenne ihn nur unter diesem Namen) war irgendwo mal Gouverneur und ist seitdem reich, so dass alle, die nah- und fern mit ihm verwandt und bekannt sind, zu Weihnachten und Sylvester bei Cartassos eingeladen waren. Viel zu Essen (Cartassos betreiben einen Party Service) und riesige Whiskyflaschen, Moët Chandon, ein großer Weihnachtsbaum, und um Mitternacht ein dicker Onkel in rot-weiß, der sich unter dem angeklebten Bart halbtot schwitzte. Am 25. und 1.1. nochmal das Ganze, denn die Reste mussten ja aufgegessen werden... danach zogen sich die Kellner um und waren wieder Cartassos Gärtner, Autoaufpasser und Laufburschen.

In den Tagen nach dem Besuch bei Yazmín sitze ich mit den neuen Guaraní Büchern auf meiner Terrasse, so nenne ich den begrünten Eingangsplatz vor meiner Bude und dem Verwaltungsbüro von O&O. Ich trinke tereré. Aus einer geliehenen Kuhhornguampa von Ceci, einer alten bombilla, die ich im Besteckkasten gefunden habe, und meiner ersten eigenen Kalt-Thermoskanne. Fasst beinahe drei Liter! Mit der kann ich Gewichtheben spielen! Tereré-Trinken ist nicht nur gut für die Flüssigkeitszufuhr, es hält auch rank und schlank. Nach literweise tereré ist in meinem Bauch kein Platz mehr für Essen. Dafür kriege ich aber Durchfall, und danach bin ich wieder unpässlich für die feste Nahrungsaufnahme... mir gehts ein bisschen schlecht. Inga experimentiert mit soft drugs, sehr witzig. Ceci sagt: „Qué te pasa, te ves mal", na sicher seh ich schlecht aus, fühl mich ja auch so. Plötzlich steht der kleine Vicente neben uns und posaunt mit bösem Blick auf Ceci: „Ella siempre se ve hermosa!" Wie süß von ihm, wunderschön sehe ich also immer aus? Dann lasse ich mir von den beiden erklären, dass ich tereré nicht auf leeren Magen trinken soll, das hätte ich mit mate doch auch nicht gemacht? Öhhh... Und habe ich etwa was in mein Eiswasser gemischt? Na? Nein nein, ganz bestimmt nicht, ich wusste gar nicht, dass man da was mischen kann. „Señor Horsti siempre usa cabeza de mono", berichtet Ceci, was eklig klingt, aber nicht so schlimm ist: Affenkopf ist eine Wurzel. „A mí me gusta poner burrito, me da mucha fuerza!" verkündet Vicente todernst, aber ich muss grinsen und Ceci lacht auch schon los, bevor sie ihm über den Kopf haut und sagt, er ist bescheuert und soll verschwinden. Vicente gackert wie ein Kampfhahn und duckt sich, dann zieht er ab, und ich bin mir sicher, dass ich weder Affenkopf noch „Eselchen für die Superkraft" in mein tereré-Wasser mischen werde. Aber vorher was essen kann ja nicht schaden.

KONZERT

"Este sábado hay un toque de Funeral", sagt Dino und denkt, ich weiss, wer das ist, der da nächsten Samstag live spielt. „Quiénes son?" frage ich deshalb. Wir stehen im Britannia und halten Ausschau nach freien Sitzplätzen. Gibts aber nicht. „Funeral es una banda de metal, son buenos, bueno, es lo que hay acá", erklärt Dino bedauernd, und ich finds ja auch schade, dass es keine paraguayischen Iron Maiden gibt. Wir stoßen auf den lokalen Heavy Metal an, und danach erzählt Dino noch von einer Band Namens Sabaoth, die sollen härter und cooler sein als Funeral, aber leider lösen die sich ständig auf und versuchens dann nochmal, und wenn der Sänger Andrés nicht diese Probleme hätte und der Songschreiber Juan Manuel nicht so hohe Ansprüche, wenn dies nicht und wenn das – Dino ist ein durchgeknallter Typ und redet immer zu viel. Manchmal sagt er besonders lustige Sachen, z.B. auf Englisch: „I just wontta meet with sum kainda friend who understands me – we can sit tugether maybe drink water, listen to music and tolk – if sex happens, great! Great! ("Aha.") Buth this is the last thing that is important." Und Dino weiter: "Shit. I realey need a girl. I wontta share things." Den Rest des Abends stehe ich mit dem rotbärtigen Peter aus Schottland zusammen. Peter ist mein Held, er fährt in Asunción Fahrrad! Er ist also lebensmüde, umweltbewusst und sportlich. Ich kanns kaum glauben und renne ins Dartzimmer, um aus dem Fenster zu gucken. Tatsächlich, da steht ein Trekkingbike an der Straßenlaterne, angekettet natürlich und vom Türsteher bewacht. Nachdem ich Peter noch ein bisschen weiter bewundert habe, zeigt er zum Eingang und sagt: „And here comes another funny guy!" Ich drehe mich um. Der große blonde Peace-Corps Typ. Was ist denn an dem so funny? Jetzt erzählt Peter eine Geschichte, über die ich bei jedem Wort mehr lachen muss: Dieser Oliver arbeitet für irgendeine Umweltfirma, Holz und Naturschutz, und ist die ganze Zeit im paraguayischen Urwald zugange, und ab und zu steigt er in seinen dicken Jeep und braust in die Stadt, dass die langen Haare nur so flattern, und alle Frauen schmachten ihm hinterher, und er ist ihr Tarzan, für einen Abend, dann fährt er wieder zurück zu seinen Bäumen. „Yeah I work in the jungle", sagt Oliver. Anstatt mich mit Tarzan zu unterhalten, werde ich in diesem Moment aber von seinem genauen Gegenteil kennengelernt. Das ist Gus, der ist klein, hässlich und braun, arbeitet das halbe Jahr über in Miami, und seit einem ärgerlichen, polizeilichen Zwischenfall wird er von allen nur noch „Individuo" genannt. Als ich endlich nach Hause gehen will, kann ich gar nicht sagen, worüber wir die ganze Zeit geredet haben, aber der Abend war sehr nett und lustig. Manno, ich kenn bloß Männer. Na – auch egal, gibt schlimmeres. Oliver sagt zu Gus: „I don´t know, she ignores me." Und ich mache noch schnell mit Dino aus, dass er mich Samstag abholen muss, sonst finde ich Funeral nie.

Das war richtig, denn die halboffene Sporthalle, in der das Konzert stattfindet, ist nicht in meinem Stadtplan verzeichnet. Alles trägt schwarz, und die wenigen Mädchen sind aufgedreht wie bei einer Teeny-Boy-Group. Dino ist bestimmt einer der ältesten hier. Es haben schon die Vorbands gespielt und die Stimmung ist ausgelassen,so klassentreffenmäßig. Die meisten kennen sich irgendwie, und alle scheinen Dino zu kennen. Ach na klar, jetzt fällts mir wieder ein: Er hatte mir ja erzählt, dass er und sein Kumpel Mauro einen Plattenladen hatten, den ersten, wo man auch Metalsachen bekommen konnte, sehr underground, selbstgemacht, richtig toll. Golden Down hieß der Laden. Mauro ist ein Experte, hatte Dino gesagt, mit Kontakten in alle Herren Länder, sogar aus Tschechien schicken ihm seine

Leute Schallplatten und Demo Heavy Metal Tapes. Und jetzt gehört Golden Down dem bekifften Jorge, Dino studiert irgendwo und Mauro hat gerade bei einer Zeitung angefangen.

Funeral gibt sich große Mühe, und alle machen mit, aber ich kann mich nicht so richtig begeistern. Als Hamburgerin stehe ich über den Dingen. Ziemlich überheblich. Nach dem Konzert gehen wir ins Spurs. Das sieht von außen nach gar nichts aus, und innen ist auch nicht viel Aufwand getrieben worden. Umso besser, so kann hier jeder machen, was er will. Die Tanzfläche ist winzig, der DJ hantiert unter anderem mit Kassetten (!!), Licht gibts eigentlich nur an der Theke und dahinter steht Carlos, der ehemals mit Alfons zusammen gearbeitet hat und nach einem Streit jetzt sein eigenes Ding mit dem Spurs durchzieht. Ich finde die Kombination gut: Erst gesittet im Britannia was trinken, dann im Spurs abspacken. Es wird 4 Uhr bis ich im Bett liege. Morgen beziehungsweise später heute bin ich bei Cartassos eingeladen, und Montag ist mein erster Tag in der „heißen Küche" an dem großen Holzfeuerofen.

HEISSE KÜCHE

Ich stöpsele mir die Ohren fest zu, drücke auf Play, stopfe den Walkman in den Hosenbund und fange an, meine Unterhosen im Waschbecken zu waschen. Wenn mir die Kopfhörer jetzt rausfallen, ist das ein denkbar ungünstiger Moment. Ich habe seifige Hände und weiss aus Erfahrung, dass man auch dann Seifenschaum in die Augen kriegen kann, wenn man die kleinen Dinger mit den Oberarmen zurückstöpseln will.

„Oppi Fjellet", „Nagellstev", „Mellom Bakkar Og Berg"
singen die wackren Mannen von Storm direkt in meine
Gehörgänge, die Gitarren stampfen und treiben, und in
Gedanken sehe ich ein Meer langbärtiger, langhaariger
Norweger headbangen, aber in Wirklichkeit sehe ich
einen Moskito, der unterm Waschbecken gelauert hat
und nun angreift. Ich versuche, ihn zwischen den Knien
zu zerquetschen, aber das misslingt total und ich muss
meine Viking Metal Wasch-Session frühzeitig unter-
brechen, wenn ich dabei nicht auch noch von einem
Bein aufs andere hüpfen will, nur um nicht gestochen
zu werden. Gib dem Feind keine Chance! Ich erwische
ihn auf meinem Oberschenkel und fange noch mal von
vorne an mit der Wascherei.
Im Britannia haben wir Kassetten getauscht. Weil letzte
Woche eine sensationelle Paketlieferung für mich ein-
traf, konnte ich mich von meinem Paraguayreisemix
trennen. Der zirkuliert jetzt sonstwo, aber in fünf Tagen
muss Dino ihn mir wieder geben. Solange höre ich
Storm und die Kassette, die mein Bruder für mich
aufgenommen und mit in Mutters Paket gesteckt hat.
Mein Bruder steht auf Kiss, Motörhead, Neil Young und
Ramones. Und Frank Black, dessen „Speedy Marie"
und Neil Youngs „Harvest Moon" in die Liste der Lieb-
lingslieder aufgenommen werden. Oh, und Misfits singen „Little Angel Fuck", das macht auch Spaß! Mein
Bruder ist genial. Ich kriege natürlich einen Schmachter, als ich die kleinen, lieben Aufmerksamkeiten von zu
Hause auspacke und die Hamburg Klapp-Postkarten
angucke. Ach ja.... Ich merke aber auch, so vom
Bauchgefühl her, dass es mir hier alleine in der Ferne
sehr gut geht, ich bin richtig glücklich hier! Sowas wie
die Pakete oder Briefe sind das I-Tüpfelchen auf dem

spitzen Riesensahnetortenberg. Inzwischen habe ich mir mein Leben dreigeteilt: Sonntags esse ich Ñokis vom Restaurantbuffet und liege danach wie ein Tourist am Hotelpool in der Sonne, an den anderen Tagen arbeite ich, und danach gehe ich aus. Sonntag, Arbeit, Ausgehen. Dabei habe ich eine erstaunliche Energie entwickelt, ich brauche nur noch sechs Stunden Schlaf, um fit zu sein, und wache jeden Morgen glücklich auf. Das ist ein tolles Gefühl! Abends muss ich extra viel Spaß haben, weil es in der heißen Küche nicht ganz so gut ist wie in der kalten. Obwohl ich ja eigentlich blind bin für Intrigen, Heuchlerei und verdeckte Absichten, komme ich hier doch ziemlich schnell dahinter, dass sich nicht unbedingt alle mögen oder sich mit denen aus der kalten Küche streiten. Ich versuche, unbeteiligt zu bleiben und stattdessen die Kroketten schöner zu formen. In der heißen Küche hat Rosa das Sagen. Sie sitzt die meiste Zeit mit ausdruckslosem Gesicht an dem großen gemauerten Arbeitstisch mit Marmorplatte und dirigiert beim Gemüseschneiden das Geschehen. Ich und Gertrudis sitzen neben ihr und machen Empanadas. Meine sehen scheiße aus, viel zu klein, wie Mondsicheln. Alles nochmal. Der Herd verströmt eine Hitze, dass uns der Schweiß den Nacken runter rinnt, und hinter uns presst Maciel literweise frischen Orangensaft mit der Pressmaschine. Hinter dem bin ich wie verrückt her, wenn er erstmal eisgekühlt ist... also der O-Saft natürlich, nicht Maciel. Der macht mir zwar schöne Augen, aber das kann er sich sparen.
Und dann ist da Ña la Paz. Statt Doña bloß Ña, und la Paz ist ihr Nachname. Sie reicht mir kaum bis zum Bauchnabel und kommt mir alt und pygmäenhaft vor. Ihre Augen blitzen mich böse an, ein Guaraní-Schwall

wirft mich fast um und auch ihre Gebärden können nichts Gutes verheißen. Dass sie mich mag, lässt sich wenn überhaupt nur deshalb erahnen, weil sie sich freiwillig mit mir abgibt. Ña la Paz kneift mich. Sie wartet, bis ich ihr mal den Rücken zuwende und kneift dann darein, wo sie bei ihrer Größe am besten ankommt: in meinen Po. Fuchsteufelswild macht sie mich damit, aber ich kann so eine alte Frau nicht einfach zurück kneifen, ich kann sie nur anzischen. Darüber lacht sie und brabbelt mich weiter auf Guaraní voll. So geht das ein paar Wochen. Schließlich erklärt mir Rosa wie beiläufig, Ña la Paz wollte von mir doch bloß auf Guaraní hören, welches die Zutaten für die Sopa Paraguaya sind. Ach. Das lasse ich mir gleich von ihr diktieren und lese es ihr vor, bis es richtig klingt. Dann übe ich. Am nächsten Tag sitze ich neben Rosa und schnippele Kartoffeln. Ña la Paz kommt angewackelt. Wieder fährt sie mich böse an, ich verstehe kein Wort, aber Rosa nickt mir zu. Jetzt! Ohne beim Schnippeln einzuhalten leiere ich mein Verslein herunter. Ña la Paz erstarrt, und das gesamte Küchenpersonal schmeißt sich weg vor Lachen.

Heute ist es so drückend heiß, dass ich nach meiner Schicht zum Pool schleiche, obwohl gar nicht Sonntag ist. Außer mir sind da nur eine Adoptivbabyfamilie und Don Sol. „Oohh lá lá!" dröhnt der dicke Kubaner und platscht in das Wasser mit dem Schwung eines Walrosses. Als Wind aufkommt, verziehen sich die Amerikaner mit dem Baby, aber ich denke gar nicht daran, mich von hier vertreiben zu lassen, ich bin viel zu erholungsbedürftig. Dann fliegen die ersten Blätter in den Pool und auch ein dicker Ast, worüber Don Sol bloß lacht. Ich tauche unter. Jetzt haben wir plötzlich

Sturm, die ganze grüne Parkanlage wogt und schwankt. „No tenemos que salir?" schreie ich Don Sol zu, der am anderen Beckenrand sitzt und seelenruhig nach Blättern angelt. Was Rausgehen, wozu denn, meint er, „ya va pasar", geht gleich vorüber. Tut es aber nicht. Es fängt an zu regnen, und das ist mir jetzt doch entschieden zu nass. Als ich mein Handtuch unter der Sonnenliege hervor hole und mich in das klamme Ding einwickle, erscheint mit einem Regenschirm bewaffnet Lisandro und ruft uns zu, wir sollen jetzt endlich rauskommen, Befehl von Señor Horsti! Na schön, wenn Lisandro das sagt... Der ist zwar ein peón, aber längts ergraut der dienstälteste hier und Señor Horstis rechte Hand. Im Orchideenhaus, am Grill, auf der privaten estancia und überhaupt. „Chau linda", brummt Don Sol als sich unsere Wege in der Lounge trennen. Er produziert tropfend eine Fußspur bis in sein Zimmer, und ich laufe klatschnass und barfuß über den Parkplatz bis zu meiner Bude. Ariel von der Rezeption lacht über uns, aber ich wette, dieses Gerenne im Handtuch feuert nur wieder die Gerüchteküche an. Wahrscheinlich habe ich bis morgen ein Verhältnis mit Don Sol! Wo der doch so gut wie verlobt ist. Heute gehe ich wohl nicht mehr aus, weder ins Britannia noch ins Spurs noch sonstwohin. Ich werde bloß auf dem Bett liegen, ein zwei Cucarachas totschlagen, Musik hören und an Sex denken.

SPORT

Wir laufen im Gänsemarsch durchs Armenviertel La Chacarita. Gleich hinterm Regierungspalast, am Flussufer. Unsere Jungs haben dort ein Fußballspiel, und die Zimmermädchen, die Köchinnen, die Büglerinnen und ich, wir sind die Fangemeinde. Zuerst verlaufen wir uns. Aber dann sitzen wir doch noch auf der vier Reihen hohen Tribüne und schreien und schimpfen und lachen. „Bombeeeros!" kräht Porfiria, „Dale Santi! Corré!" Jedes Jahr findet ein Fußballturnier der Hotel- und Restaurantmannschaften statt, und Señora Mausi hat uns noch daran erinnert, dass ihre Mannschaft immer gewinnt. Dieses Jahr scheint die sich aber vor allem kloppen zu wollen. Vielleicht sollten mehr von den Klemptnern mitspielen und weniger Kellner, überlegt Liberata, die Klemptner sind bestimmt stärker. Dann gibt es Elfmeter, für uns. „Dale mi amor dale!" schreit Freundin Nora. „Gooooool!" Jetzt gewinnen wir 1:0! „Sí", sagt Nora und schlägt schulmädchenhaft die Augen nieder, „siempre tira tan fuerte!", ja, er schießt immer so doll... Von unserer Tribüne haben wir einen schönen Ausblick. Der Fluss sieht sehr blau aus, dahinter ist alles grün, aber davor... das sind ja wirklich Elendshütten. Überall viel Staub, roter natürlich, obwohl er mir hier fast armselig grau vorkommt, Blechwände, Plastikkanister, Hunde und kleine Kinder, Müll und Radiolärm. Ganz schöner Mist. Und meine Zimmermädchen stolzieren durch La Chacarita als wären sie allesamt First Ladys mit Wohlfahrtsgedanken. Klar, sie haben ja auch eine Arbeit und einen Lohn. Den Mindestlohn. Mit dem können sie zwar auch nur sehr sehr einfach leben, aber über die Blechhüttenbewohner fühlen sie sich natürlich trotzdem erhaben, und mitleidig. Drei Tage später verlieren wir 3:1, obwohl diesmal Vicente mitgespielt hat, und als wir geschlagen ins Hotel zurück kommen ist

Señora Mausi schlecht gelaunt. Das nächste Spiel werde ich mir gar nicht mehr ansehen.

Trotzdem bleibt es im Hotel sportlich. Bei einer spontanen Angestelltenfeier spielen wir Volleyball – ich bin in einer Mannschaft mit Gertrudis und Rafa, was alle wahnsinnig komisch finden haha, aber wir gewinnen, und ich muss mit ihm Hände abklatschen, zum kotzen. Bei der zweiten Feier zu Ehren von Señor Horstis Geburtstag beschränkt sich das Sportliche auf die Lokalität: Wir tanzen auf einem Fußballplatz. Mir ist schon alles egal, die empanadas, das Bier, der cachaca... Ich tanze mit dem kleinen Vicente, wir sind die Clowns und bringen die alten Damen zum Lachen. Die sitzen am Geburtstagsklapptisch und gucken zu. Dann ist erstmal Schluss mit lustig, es wird wieder gearbeitet. An manchen Tagen haben wir Teegesellschaften, Konferenzen mit Imbiss und Hochzeiten an ein und demselben Tag, weshalb kalte und heiße Küche trotz aller Uneingkeiten zusammenarbeiten müssen. Mittendrin Señora Mausi und ich, und dann wird auch noch Lilián entlassen, die Vormittagsköchin. Señor Horsti schmeißt sie in hohem Bogen raus, weil im Fleisch vom Angestelltenessen Würmer waren. Jetzt haben wir noch mehr zu tun. Statt Lilián kommt Magdalena, und die Streitigkeiten finden ihren Höhepunkt in heimlich abgeschnittenen Uniformknöpfen. Statt Magdalena geht diesmal Chiquita, die die Nase voll hat und lieber ihre eigene Minibar eröffnet. Wir Übriggebliebenen ackern wie verrückt, der Schweiß fließt und mein Blut auch, weil ich einmal noch halb verschlafen meinen Daumen in die Schneidemaschine stecke, obwohl ich da eigentlich den Weißkohl durch jagen sollte. Die halbe Küche läuft zusammen, um mich zu verarzten, aber der Daumen ist gar nicht ab, bloß tief eingeschnitten. Ein Kratzerchen im Vergleich zu Rosa, die sich kochendes Öl über den Unterarm gießt. Chiquita hat in ihrer Minibar eine relativ sichere Fritteuse, für Pommes und empanadas, und ab und zu helfe ich ihr beim Fritieren; wahrscheinlich bin ich küchensüchtig. Es macht aber auch Spaß, so zu tun, als wäre ich ihre Angestellte, die bereitwillig wacklige Klapptische abwischt, die Musikanlage bedient und die wenigen Gäste bedient. Nach drei Wochen entlasse ich mich allerdings selbsttätig, denn das Hotel hat Vorrang.

Ab und zu kommt Samstags ein Zauberer ins Hotel, um die Gäste vom Essen abzulenken. Der erscheint eines schönen Tages auch in der Küche. Señor Horsti hat ihm erlaubt, „Mondongo a la madrileña" zu kochen. Rosa sagt, sie hat keine Zeit, ich soll ihm helfen. Carlos, der dicke Zauberer, freut sich und schickt mich ins Lager, seine Bestellliste hätte er schon gestern bei Marga abgegeben. Ich muss dreimal laufen, bis ich alles angeschleppt habe. Das werden ja gewaltige Mengen! Carlos hat sich inzwischen mit Ña la Paz herumgezankt und einen gigantischen Topf organisiert, und auf der Arbeitsplatte liegt ein ebenso gigantischer, weißgrauer Sack mit grünen Flecken, der heutige Ehrengast: Ein Kuhmagen. Ein schlaffer Riesenfußball ist das. Weil ich so unglücklich dreinschaue, zerkleinern wir erstmal das Gemüse. Kiloweise Zwiebeln, Paprika, Tomaten und vor allem Knoblauch. Dann macht sich Carlos am Topf zu schaffen, und der Moment des Kuhmagens lässt sich nicht länger hinauszögern. „Primero lavar", erst waschen, sagt Rosa. Also gut. Ich mag das nicht! „Y ahora cortar!" Ja wie jetzt schneiden, die ist vielleicht lustig! Ich stelle mich doof. Carlos hat aber kein Erbarmen und macht es mir vor, so und so und so klein, das ist doch ein Kinderspiel. Ich überwinde also meinen Ekel, und eine Stunde später brodelt der mondongo a la madrileña im Topf, dass es wohl eine Freude ist. Señor Horsti ist überschwenglich begeistert: „Aaah, eine Delikatesse!", Carlos wirft sich stolzgeschwellt in die Brust, und ich, ich frage mich, wie ich meine Hände wieder sauber kriege. Die stinken saumäßig, eine fatale Mischung aus Knoblauch und Kuh. Nach einer Ewigkeit Seife und Wasser verströme ich immer noch Pestilenz, doch zum Glück kommt mir jetzt Magdalena zu Hilfe: „Ingá, usá tomates y azúcar." Sie hält mir auch gleich ein paar obermatschige hin, die sich zwischen meinen Fingern endgültig in Ketchup verwandeln, Magdalena kippt Zucker drüber, so, verreiben, abwaschen, fertig. Und? Caramba, jetzt rieche ich nach Tomate! Juchuh! Der mondongo geht weg wie warme Semmeln, scheinbar ist das Hotel voll mit Verrückten. Die lassen sich vom Schein trügen, aber ich weiss, was ich in dünne Streifchen zerschnitten habe! „Ach war das lecker!" sagt Señor Horsti und gibt mir zur Belohnung einen 50.000 Guaraní Schein. Weil ich in letzter Zeit so fleißig war! Jetzt bin ich aber seelig und investiere das Geld sofort in Schmuck aus Haifischzähnen, Schokolade und eine Hornguampa mit Silberbeschlag. Durch Carlos den Zauberer persönlich erhalte ich dagegen etwas ganz anderes, und zwar Einblick in seinen Glauben. Er nennt es Gottesdienst, ich nenne es Sektenspektakel. Wer sind das, die Zeugen? Die der letzten Tage? Beides gleichzeitig? Ich bin ja offen für Neues, aber dieses kollektive Hallelujah im modernen Konzertsaal ist wirklich nichts für mich, und als die ersten umfallen, weil der Priester sie an der Stirn berührt hat, finde ich Carlos´ Glauben nur noch peinlich und langweile mich. Aber außer mir sind alle ganz eifrig bei der Sache. Ich fass es nicht.

Ein paar Tage darauf, ich sitze gerade mit Ceci und Salz-Irma beim Kaffeetrinken, rauscht unser Hotelmanager durch die Küche, einmal rein, einmal raus, und hat im Schlepptau Señora Trudy, die irgendwie verzweifelt guckt, und den neuen deutschen Meisterkoch.

SPEZIALITÄTEN

Ich bin ein bisschen ärgelich auf Señor Horsti, weil er mich mit keinem Wort erwähnt hat. Glaube ich wenigstens, vielleicht ist es mir aber auch schnurzpiepegal. „Und das ist unsere deutsche Küchenhilfe" – Nein? Hat er nicht gesagt? Na dann, pfeif ich heute mal aufs Gran Hotel und geh schon um 20 Uhr ins Britannia. Ich wollte ja eigentlich weniger Bier trinken, aber es ist jetzt auch nachts so warm, dass alle anderen Getränke einfach nicht kalt genug sind, und Wodka-Orange mit Eis bestellt bei Alfons irgendwie niemand. Also nehme ich erstmal ein Chop, unterhalte mich mit María und Oscar, der heute en Pearl Jam T-shirt trägt und somit gleich für Gesprächsstoff sorgt. Sobald das Britannia voll ist, teilen alle ihr Bier miteinander – auf jedem Tisch steht eine Literflasche im Eiskübel, und jeder ist mal dran, sie zu erneuern und die anderen mit Eiswasser zu bekleckern. An der Theke sitzt wie immer der graue Ken und bläst Trübsal. „My life is in ruins!" Ich heitere ihn nach Kräften auf, Gus hilft mir, obwohl er mich eigentlich von Ken wegquatschen will, und regt sich dabei furchtbar über einen Typen namens Carlos auf, der

angeblich alle Mädchen anbaggert und auf Mister Mär-
chenprinz macht. Da kommt er auch schon zur Tür
herein. Ken hat bereits von ihm gehört: „Is that the one
who thinks he´s god´s gift for women?" Ich muss so
sehr lachen, dass ich Ken sofort ein neues Carlsberg
spendiere. Oh, er weiss gar nicht, womit er das verdient
hat, er ist so stolz, dass ich ihn überhaupt beachte...
Und jetzt isses auch schon wieder vorbei, verkündige
ich ihm gutgelaunt, schüttele meine Haifischohrringe
und gehe aufs Klo. Für meinen Spaß knutsche ich an
diesem Abend noch mit Tarzan-Oliver, und dann gehe
ich duselig nach Hause. Wenige Stunden später, um 10
Uhr morgens, sitze ich neben Rosa in der Küche und
bereite das Angestelltenessen vor: Hígado con arróz,
Leber mit Reis. Das ist kein Lieblingsessen von mir.
Leber gabs in Hamburg nie. Aber bitte, würge ich eben
ein Stück herunter, soll ja so gesund sein... mehr
schaffe ich bis zum Abend nicht.

„Inga, trinken sie ein Glas mit?" will Señora Trudy
wissen, die bei ihrem Feierabendcarlsberg im kleinen
Restaurantsaal sitzt und auf ihre Nichte Carmen wartet,
die sie abholen soll. „Ja", sage ich, denn ich habe auch
Feierabend und noch nichts vor, „aber nur ein kleines.
Salud." „Salud. Haben sie gesehen? Noch nicht mal
das Carlsberg hat schönen Schaum." „Stimmt", sage
ich, „hat eigentlich gar keinen." „Señor Horsti hat also
diesen neuen Koch eingestellt", wechselt Señora Trudy
das Thema, „und dabei weiss er noch gar nicht, was er
mit dem will! Die Ceci kann doch alles! Unser Hotelmanager handelt immer so in-tu-itiv! Viiiel zu spontan.
Genauso hat er ja auch damals sie eingestellt, ohne
Nachdenken, und ohne mich zu fragen auch! Also
nicht, dass sie das jetzt falsch verstehen, Inga." Ich

nicke unbarmherzig. „Mit ihnen haben wir ja einen wahren Glücksgriff getan, aber nun dieser Steffen, nein ich weiss nicht..." „Dann soll er sicher deutsch kochen?" schlage ich vor, und Señora Trudy ist derselben Meinung, schließlich hätte Steffen in der Traube Tonbach gelernt, aber weshalb er jetzt mit Mutter und Stiefvater (ebenfalls Koch) in Paraguay ist, darüber schweigen wir. Traube Tonbach – das soll wohl was heißen, aber mir sagt das gar nichts. Ich sprühe mich jetzt mit Antimoskitozeug ein und setze mich zum Lesen unter einen der Deckenventilatoren auf die Hotelterrasse. Durch die vielen amerikanischen Gäste ist eine beachtliche Bibliothek mit Reiseliteratur entstanden, Bordlektüre, die den Rückflug in die Staaten nicht verdiente und stattdessen in ein ungebrauchtes Loungeregal wanderte. Ich habe ein Buch entdeckt, das sicher irrtümlich dort deponiert wurde. Das ist jetzt meins und ich lese es: „Oranges are not the only fruit" von Jeannette Winteson. Desweiteren ergattere ich zwei „Living" Hefte von Martha Stewart. Rezepte und Lebensstil der New England Highsociety, von mir gehortet wie ein Schatz.

Am nächsten Tag hat der deutsche Koch seinen Einstand. Ich beobachte alles von meinem Platz aus, wo ich mit Salz-Irma und Sofía Nudeln mache. Wir füllen und drehen Cappeletti, massenweise Cappeletti. Señor Horsti sagt, Steffen soll mich fragen, wenn er Fragen hat, und überlässt ihn seinem Schicksal. Bei der ersten Bestellliste hat er ihm wohl geholfen, denn Steffen schlägt sich recht wacker mit einem Rechaud Geschnetzelten. Aber dann braucht er doch meine Hilfe. Inzwischen hat es sich in der Küche herumgesprochen, dass sein Messerkasten am Flughafen beschlagnahmt worden ist. Seine Version, „Ich hab meine Messer ver-loren", bringt alle zum Lachen, doch Rosas Lachen er-starrt auf ihrem Gesicht als sie erfährt, dass sie Steffen ihr großes Messer leihen soll. „No, no se lo doy, qué clase de cocinero es ese!", nee, kriegt er nicht, was ist denn das für ein Koch, der kein eigenes Messer hat! Rosas großes Allzweckmesser ist praktisch mit ihrer Hand verwachsen, sie kann sich unmöglich davon trennen. Señor Horsti nimmt es ihr trotzdem weg, und aus Rosas sonst stoischen Augen schießen Blitze des puren Hasses. Was soll sie jetzt noch in der Küche? Bis zum Abend hat sich Seffens Messerkasten wieder eingefunden und Rosa bekommt ihr Baby zurück, und zwar perfekt geschliffen. Von nun an darf er alle Messer in der Küche schleifen und jammert: „Oh na toll, da hab ich mir ja was eingebrockt, was sind denn das für Köchinnen, die ihre Messer nicht schleifen können?" 1:1. Ich denke, dieser Steffen ist ein Arschloch. Er fragt, wo ich herkomme. „Aus Hambuach." „Ah, ´n Fischkopf." Ich bin wie eine Trickfilminga, der die rote Wut von den Fußspitzen hoch ins Gesicht steigt und in den Haar-spitzen explodiert. „Kopp. Das heißt Fischkopp, mit Doppel-P." Dann lasse ich ihn bei Ceci und Salz-Irma stehen, die ihn anzuhimmeln scheint, und gehe mit Vicente tereré trinken. „Es muy rubio ese cocinero", sagt Vicente und sieht besorgt aus. Ovidio macht sich auch Sorgen, denn alle Mädchen ständen doch auf blond. „Und in ein paar Tagen hat die Sonne ihn krebs-rot gebrannt, qué horrible!" lache ich, und dann kommt Señora Trudy und scheucht die Jungs Tische rollen, denn heute Abend kommen zweihundertfünfzig Leute zum Feiern ins Hotel. Und die wollen Nudeln essen – also gehe ich wieder zu Sofía und rolle Ravioli aus.

Nach einer Woche findet Señora Trudy, dass Steffen für sein Gehalt mehr tun muss als pro Tag nur einen Rechaud zu füllen. Ich bin hilfsbereit und nicht nachtragend, deshalb mache ich ihm Küchenvokabellisten, von A wie asado bis Z wie zanahoria. Zum Dank erzählt er mir die neue Levis Werbung, und ich muss furchtbar lachen über diesen Typen, der Steffen zu folge seine 501 als Seilbahn benutzt und vom Fenster der ersten tollen Frau in das Fenster der zweiten tollen Frau reinkracht. Mir kommen die Tränen während ich halberstickt für Ceci übersetze, und das Eis ist, wenn auch nicht gebrochen so doch etwas angeknackst. Dann treffen Vicente und Ovidio mit Steffen zusammen und das Chaos ist perfekt. Binnen kürzester Zeit lernen die beiden Deutsch: Wichser, Arschloch, halts Maul, Fischkopp, alles klar. Man kann sie nur beglückwünschen. Und ich darf von der heißen wieder in die kalte Küche wechseln, denn dort spielt jetzt das Geschehen. Wir produzieren Sauerbraten, Krautsalat, Semmelknödel, Leberpastete und Piccatta Milanesa. In jeder Pause kritzele ich wie besessen in mein Ringheft und schreibe Rezepte auf Papierservietten. Mir darf nichts entgehen! Ein Tag ohne mindestens drei Gourmetgeheimnisse ist ein verlorener Tag! Garprobe Blumenkohl: wenn sich die Blume eindrücken lässt. Gurkensalat mit ein bisschen Senf. Mit dem Löffel nicht an die Pfanne schlagen. Alle Gerichte vor dem Garen probieren. Messer nie bei Vollmond schleifen. Als ob ich das je vorhätte. Apropos Leberpastete: V wie vomitar, spucken, kotzen. Steffen schlägt vor, ich solle mal „so'n schönes volles Glas" roher Pastetenmasse auf ex trinken, dann würde ich genau das drei Tage lang machen: vomitar. Ich finds schon eklig genug, die Hühnerherzen aus zu sortieren, die sich heimlich dazu schmuggeln wollten, und dann quetsche ich den ganzen Leberkram durch den Fleischwolf, während der Herr Meisterkoch mit adrett sauberen Händen die Pastetenformen mit Speck auslegt. Ich dagegen bin blutig dunkelrot verschmiert bis zu den Ellenbogen und brauche mal wieder Tomaten und Zucker. Die Piccatta Milanesa lasse ich mir schon eher gefallen, obwohl in der Sauce Zungenfleischstückchen sind und ich eigentlich nie nie wieder Zunge essen wollte. Ok ich gebs zu: ich verschlinge eine Riesenportion Piccatta Milanesa und warte sehnsüchtig darauf, dass die Rechauds vom Mittagsbuffet wieder zu uns zurück gerollt werden, damit ich die Reste essen kann. Voll süchtig. Ständig fragen Ceci und Chiquita, die sich auch wieder eingefunden hat: „Qué está haciendo?" Was macht er jetzt? Und ich dolmetsche, während ich neidisch zuschaue, wie sich Zwiebeln in Sekundenschnelle in kleine Würfel und Mohrrüben in feine Streifen verwandeln: brunoise und julienne. Den ganzen Nachmittag bin ich dann deprimiert, weil ich sowas nicht kann, so nach dem Motto: bin nichts, hab nichts, kann nichts...

Im Spurs treffe ich Mauro, und der ist super gut gelaunt: Das Golden Down läuft zwar nicht so toll, weil der neue Betreiber Jorge sich mehr für Hasch als für Metalplatten interessiert, aber er selbst hat gerade nach abgeschlossenem Studium einen Job bei der Zeitung La Nación gekriegt und ist hochzufrieden. Schön! Soviel Freude ist ja ansteckend, mir gehts gleich viel besser und ich sage, dass ich vielleicht auch studieren will und doch nicht Schuhdesignerin werde. „Zapatera?!" fragt Mauro entgeistert. „Ja", sage ich, „meine eigenen Schuhe machen, das wäre doch genial!" „Mejor estudiar", meint er und wir stoßen auf seinen Job an. Dann reden wir den ganzen Abend über Musik und Lebensstil im Allgemeinen. Die neue Metalszene ist komisch, findet Mauro, die Leute haschen zu viel, das passt nicht zusammen. Früher mit Dino wärs anders gewesen, weil Heavy Metal in Paraguay noch total neu war und alle Jungs mit langen Haaren schief angeguckt wurden. „Nos querían reprimir", sagt Mauro, die wollten uns fertig machen! Ham´se natürlich nicht geschafft. „Ich finde Jungs mit langen Haaren gut", verkünde ich in aller Einfachheit, Mauro freut sich, und wir stoßen mit dem Rest schaumfreien Pilsen an.

In der Küche muss ich aufpassen. Wir kochen da leckere Sachen, z.B. Weinschaumcreme, Zurubí (ein riesiger Flussfisch) in Champagnersauce oder mit Backpflaumen gefüllten Schweinebraten. Ich bringe den Damen Mausi und Gudrun eine Kostprobe von Steffens „Zeugs". „Was ist *das* denn?" Ich: „Gefüllter Schweine-braten." Aus 5 Meter Entfernung kräht Señora Gudrun: „Das ist *kein* Schweinebraten." Ich: „Doch doch!" Mausi: „Und dies ist ein Bündel, ein Bündel, eh -" Ich: „Ein Bündel grüne Bohnen." Mausi: „Stell den Teller hier hin, ja." Trotzdem traut vor allem Señora Mausi „dem Stefan" nicht viel zu und vertrauen tut sie ihm auch nicht, seitdem sie mitbekommen hat, wieviel Knoblauch er verbraucht. „Da, da bläht man sich doch so von auf! Lass den Knoblauch weg! Kann er denn nicht anständig kochen der Stefan der?"

Es ist jetzt Mitte November und heiß heiß heiß in Paraguay, obwohl die große Hitze eigentlich erst im Januar kommen soll, das wird noch interessant! Schweinebraten kann man da nur im akklimatisierten

Restaurant richtig genießen. Ich bin nach der Kocherei durchgeschwitzt und gehe duschen. Wie ein Metalfan sehe ich überhaupt nicht aus. Zu allem Übel verabreden Steffen, Señora Trudy und ich auch noch, am Wochenende ins Caracol tanzen zu gehen. Das ist eine poppige Großraumedeldisko am Golf- und Yachtclub. Señora Trudys Sohn kommt auch mit, einer muss ja fahren, obwohl ich rein theoretisch auch das Steuer übernehmen könnte, ich will nämlich nur noch Cola trinken. Aber ich hab keinen Führerschein. Während ich noch am Pool sitze und Zeitung lese, kann ich mir im fotoreichen Gesellschaftsteil ansehen, wie aufgedonnert die Mädels ins Caracol gehen. Schöner Mist, das kann ja heiter werden, und das will ich alles nüchtern überstehen... ganz abgesehen davon ist in meinem Reisegepäck nichts zum Aufdonnern, und mit Schminke, Haarspray und Glitzerschmuck war ich schon immer ganz ganz schlecht ausgerüstet. Da hilft nur eins: Anziehen und aussehen wie immer, Hamburger sein und cool bleiben. Samstag um 23:30 Uhr fahren wir los.

DISKO

Obwohl wir etliche, absichtliche Umwege fahren, sind wir ziemlich früh dran und haben alle Zeit der Nachtwelt, uns im Caracol umzusehen. Alles, was ich sehe, ist leider nichts für meinen Geschmack und erinnert mich stark an den ersten Diskobesuch damals in Hamburg. Genau eine Stunde lang konnte ich in meinen neuen weißen Jeans und dem neuen H&M Oberteil im Docks herumhüpfen („Rythm is a dancer"), dann war es 2 Uhr und ich musste nach Hause, als der Abend auf der Reeperbahn erst richtig begann. Meine Freundinnen hatten längere Ausgeherlaubnis. Wir waren sechzehn und tranken Cola. Schön, das werde ich jetzt auch machen. Bestellen tue ich natürlich „Una coca", denn cola heißt ja alles mögliche, was ich dem Barman auf gar keinen Fall sagen möchte. „Einen Po bitte", oder „Für mich einen Tierschwanz", einen zum Wedeln, oh mein Gott es wird immer schlimmer, oder Kleister oder Schlangestehen... Wenn Coka-Cola so kompliziert ist, dann eben eine sprachlich völlig neutrale und problemlose Fanta. Oder nein, halt! Was besseres, ich trinke eine echt paraguayische Pulp. Früher soll es auch noch das phantastische Crush gegeben haben (Jesús de la crush), aber Pulp ist mir im Caracol immer noch cool genug. Der Barman guckt mich schon mehr als interessiert an, weil ich so lange bei ihm an der Theke stehe und noch nichts gesagt habe, aber jetzt erteilt er mir trotzdem eine Abfuhr: Gibt kein Pulp. Ich breche förmlich zusammen. Wie doof ist das Caracol bitte. Tief seufzend, was bei der lauten Diskomucke natürlich niemand hört, bestelle ich also Coca. Cola. Señora Trudy und Steffen teilen sich ein Heineken. Señora Trudys Sohn guckt düster um sich. „Willst du nicht tanzen?" ermuntere ich ihn, aber darüber bricht er nur in ein meckerndes Lachen aus. Na war auch nur ein Witz, wenn ich fast zwei Meter groß wäre, würde ich mich auch nicht als erste auf die Tanzfläche wagen. Die füllt sich dann aber schlagartig, als ein mir unbekannter Tophit gespielt wird. Ich schlendere durchs Diskodunkel des Caracol, antworte mechanisch „Hola" auf jedes „Hola" und habe mich schon fast entschlossen, einfach tanzen zu gehen, wo ich schon mal hier bin, da wird ein „Hola" hartnäckig und ich muss stehen bleiben. Ich kann nur die Hälfte von dem verstehen, was der Typ da auf mich einredet, aber dann geht mir doch auf, dass er wohl Rolando heißt und mich vor einem Jahr mit Yazmín auf einer der Reicheleutepartys gesehen hat. „Nos conocemos, wir kennen uns!" freut er sich, „somos viejos amigos!" Halt halt, meine alten Freunde suche ich mir immer noch selbst aus! „La chica más flaca que vi jamás!" Wie, das dünnste Mädchen, das er je gesehen hat? Ich dachte, dick wär als Kompliment gedacht! Die spinnen, die Paraguayos. „Sí sí", sage ich, hoffentlich bedeutet das dasselbe wie auf Deutsch, und rette mich zu Señora Trudy und Steffen. „Los wir tanzen", meint er. Am Ende, so gegen 5 Uhr, tanzen wir sogar noch den Rausschmeißerengtanz. „Du lässt dich gut führen", findet der Herr Chefkoch. Tja, einmal die Hemmschwelle überwunden, vergesse ich sogar mein Tanzschultrauma. Und zwar so gründlich, dass ich eine Woche später schon wieder das Tanzbein schwingen kann, ohne mich auch nur im geringsten peinlich zu fühlen oder zu benehmen. Das Hotel scheint gut bei Kasse zu sein, denn Señor Horsti lädt erneut zu einer Angestelltenparty ein. Einer Art Vorweihnachtsfeier. Alle stoßen mit Sidra an und das bedeutet, dass Weihnachten vor der Tür steht. Ich kann mich dem nicht entziehen und nehme auch ein Glas. Schmeckt nicht grade berauschend, so wird mir garantiert nicht weihnachtlicher zumute! Berauschen tut er aber alle, dieser Sidra. Langweilige Party mit viel Cachaca, die meisten gehen früh, nur Steffen und ein paar andere schaffen den rechtzeitigen Rückzug nicht, weil sie nach dem Sidra noch Bier trinken, was fatale Auswirkungen hat.

Ich erfahre alles am nächsten Morgen, als ich nach einem verschwitzten Sonntagsspaziergang zurück ins Hotel komme. Dort lachen alle hinter vorgehaltener Hand über Steffen, nur aus dem inneren Hinterhof ist lautes Gackern und Prusten zu hören. Ich helfe Señora Trudy beim Tischdeckenausbreiten und sie erzählt, wie der Abend zu Ende ging: „Ja der Steffen ist wohl unbemerkt auf dem Weg zur Toilette eingeschlafen, und dann wurde der Laden dicht gemacht und er war eingeschlossen. Tja-ha-ha!" Ich grinse. „Ja sie lachen auch", fährt Señora Trudy fort und reißt mit Schmackes ein Tischtuch auseinander, das danach sanft auf den Tisch niedersinkt und von uns glatt gestrichen wird. „Er ist dann wohl von dem einzigen offenen Fenster aus dem ersten Stock auf den Bürgersteig gesprungen, das war schon am nächsten Morgen! Und dabei genau vor dem sereno gelandet und dessen Gesicht hätt ich nun auch gerne gesehen! Buenos días und dann schnell ins Taxi gesetzt, so war es wohl. Aber eins sage ich ihnen, Inga, bevor man sich mit einem Mann einlässt, muss man ihn betrunken gesehen haben!" „Jaa", sage ich versuchsweise, weil ich mir nicht sicher bin, ob das jetzt eine neue Trudyweisheit ist oder was das soll. „Ja", schmack, Tischtuch, glattstreichen, „am Ende fängt so ein Mann im Suff an zu schlagen und war nüchtern ein ganz netter Kerl." Ich habe plötzlich eine Vorahnung und sage deshalb wahrheitsgemäß: „Also mit Steffen würde ich mich nie einlassen, nie, auch wenn er bloß eingeschlafen ist." „Das habe ich mir gedacht, aber die Gerüchteküche brodelt mal wieder, na sie stehen ja über den Dingen." Schmack, Tischtuch und ich hab kein' Bock mehr. Meine gute Sonntagslaune und all meine positive Energie verschwinden schlagartig im

Keller. „Übrigens fangen sie nächste Woche bei Daniel an!" ruft mir Señora Trudy noch hinterher, als ich ausgeblasene Kerze zum Pool schlurfe. Daniel, das ist der Bäcker. Auch gut, hab grade keine Kraft. Man wie mich das alles nervt, dieses ewige Getratsche und hinterm Rücken Gerede! Kann denn niemand ehrlich sein? Ich suche nach dem Wort – na – Heuchler. Alle Heuchler diese compañeros! Ich durchbohre Lisandro mit tötenden Blicken, obwohl der mich scheinbar unschuldig grüßt. Und dann über mich tratscht was? Wo ich mir rein gar nichts vorzuwerfen habe. Schwer enttäuscht blase ich den ganzen restlichen Tag über Trübsal, worin mich erst Abends Bärbel unterbricht, die unerwartet im Hotel auftaucht. Wir verabreden uns für morgen, bei ihr zu Hause, au ja lange nicht gesehen!

Und das wird dann auch richtig lustig. Zur Abwechslung klatschen und tratschen jetzt mal wir, lassen uns über die Männer aus und lachen über jeden Blödsinn. Dazu trinken wir Tee und hören Bärbels Paraguay-Mix: Tina Turner, Bee Gee´s und Gipsy Kings. „Your simply the best!" kreischen wir und machen uns über unsere paraguayischen Ex lustig. „Kann José auch so mit dem Arsch wackeln?" frage ich. „No, um Gottes Willen!" prustet Bärbel und zeigt stattdessen, wie ihr Ex-„Herzblatt" mit geschwellter Brust um den Esstisch marschieren würde. Oh, ohoh, alles furchtbar. An diesem Abend komme ich auf jeden Fall wieder auf den Boden der Tatsachen zurück. Alle Heuchler und Klatschbasen können mich mal gernhaben. 666 is the number of the beast, ich werde auch weiterhin Spaß haben. Morgen mache ich mich auf die Suche nach dem Golden Down! And then drown.

HOT METAL

Ich find´s auch, tatsächlich, es ist aber geschlossen. Jetzt nicht verzweifeln, der Fußmarsch in der Nachmittagshitze darf nicht umsonst gewesen sein... Ich drehe mich um und erblicke die Konkurrenz, die sich gleich gegenüber breit gemacht hat. Auch schwarz behängt, aber nachgemacht. Auch Metal, aber genausoviel Mainstream. Nö, die will ich nicht. Ich trete aus der öden Ladenpassage wieder ins grelle Sonnenlicht. Also wer tagsüber in schwarz rumläuft muss ja verrückt sein. Macht deshalb auch fast niemand, dafür hat die Nacht in Asunción ein erstaunliches Eigenleben. Wer oder was da alles hervorkriecht! In schwarz, in weiß, in grün... richtige Punks habe ich hier allerdings noch nicht gesehen. Gibt´s bestimmt nicht. Passt auch irgendwie nicht nach Paraguay. Das beste bei dieser Hitze sind die aho po´i Sachen, 100% reine Baumwolle, Naturfarben und schön leicht. So, das kaufe ich mir jetzt. Der Kunsthandwerkersouvenirplatz ist schließlich voll mit solchen Ständen, Geld hab ich auch lange keins ausgegeben... Ich finde ein relativ kurzes Kleid, das mir gefällt. In der Hoteleinfahrt treffe ich Vicente, der heute Nachtschicht hat. „Qué te compraste?" will er wissen. Na, ein Kleid hab ich gekauft, hier guck mal. „Todos van a mirar tus piernas", diagnostiziert der kleine Vicente. Logisch, sage ich, klar kann man meine Beine sehen, ist ja kurz genug! „Ayayay", er lacht heiser, und ich werde böse. „A ver, por qué no mostrás *tus* piernas, eh? Algún problema?" Soll er doch mal *seine* Beine zeigen! Und der Blödkopf antwortet allen Ernstes: „Los hombres no usamos pollera", trallalla, wir Männer tragen keine Röcke. „Idiota", sage ich ihm, aber er lacht bloß weiter und beichtet, meine Beine hätten sie sowieso schon alle gesehen, so lang wären die Küchenschürzen ja nicht. Was soll man dazu sagen? Ceci und die anderen sind doch genauso angezogen wie ich. „Andá a trabajar Vicente", geh arbeiten, schicke ich ihn weg.

Mit Mauro freunde ich mich richtig gut an. Wenn der Bruder, mit dem er sich ein Zimmer teilt, mal nicht da ist, hängen wir bei ihm auf den Betten rum und gucken alte Musikvideos. My Dying Bride gibt's hier auch: Mauro hat die drei ersten Alben und ein selbstbemaltes T-shirt, ein echtes Kunstwerk. Wir trinken tereré, der Ventilator surrt an der Decke, es ist warm. Nachts wird es kühler, aber dafür kommen die Moskitos raus. Mauro stellt den Ventilator auf high speed und die Lautstärke auf alto, auf laut. Was wir hören, ist neu für mich: Behemoth, Bathory, Mayhem. Klingt böse, schnell und hart. Besser finde ich aber eigentlich Type O´Negativ. Schwere Töne. Mauro wühlt in schwarzen Kisten herum und fördert seine Schätze zu Tage: Säuberlich beschriftete Kassetten, eigene Aufnahmen, millionenmal gehörte, tiptop gepflegte CDs. Von The third and the mortal, Decoryah, Dimmu Borgir, Master´s Hammer. Echten Metalfans sicher alles ein Begriff, aber ich muss begreifen, dass ich mal wieder keine Ahnung habe. Oder Violator, Exumer, Malevolant Creation, Anchor Vat, Imperio del terror, noch nie gehört? Komisch... Ok von letzteren beiden fliegen hier auch nur Demo Tapes rum, die sind vielleicht nicht sooo bekannt... Ich weiss bloß, was ich gut finde. „Y bueno, es un comienzo!" meint Mauro, ist doch ganz gut für den Anfang. Ihn interessiert ansonsten noch Philosophie und Fußball. Mich interessiert zurzeit außer Mauro eigentlich nur die Küche. Noch als ich dahin mit dem Bus zurück fahre habe ich den Kopf voll mit Musik. Und werde mit Musik begrüßt: Steffen hat einen unanständig großen Ghettoblaster angeschleppt, der steht jetzt bei uns in der fiambrería, nimmt Platz weg und wird auf keinen Fall cachaca und cumbia von sich geben. „Wir müssen das Geplärre aus der Wäscherei übertönen", meint Steffen, „bei diesem chaca chaca kann ja kein Mensch ordentlich kochen!" Mit Radio Ñemby fühlt er sich wohler, die spielen Hitparaden rauf und runter und mindestens zehn Mal pro Tag „Children" von Robert Miles. Wenn sie allein sind, drehen Ceci und Chiquita solange an dem Blaster herum, bis sie einen Folkloresender gefunden haben. Das lasse ich mir eigentlich auch gefallen, in Paraguay gibt es hervorragende Harfen- und Gitarrenspieler, und gesungen wird ebenfalls sehr gut.

Heute kochen wir was richtig Leckeres: Fischterrine, so etwas hab ich noch nie gegessen. Rohe Fischfilets werden zusammen mit Kutterbrot in den Mixer geworfen, gewürzt und mit crema de leche, einer Art Schmand, gemischt. Petersilie und Krabben dazu, pronto. Wir gießen eingeölte Kuchenformen halbvoll, legen eine Schicht Muscheln aus der Dose darauf und bedecken alles mit Fischmischmasse. Glatt streichen, auf den Tisch hauen, dass es zusammensackt, zudecken, sechzig Minuten Wasserbad. So geht das. Ceci und Chiquita beäugen misstrauisch unsere Kuchenformen und sind erst recht nicht überzeugt, als aus den fertigen Terrinen ein roter Saft austritt. Wir stehen um den Patienten herum und keiner traut sich, ihn anzufassen geschweige denn anzuschneiden. „Das werden die Muscheln sein, jetzt glotzt doch nicht so blöd!" verteidigt Steffen sein Werk. Ich bin nicht blöd, ich probiere das jetzt. Und ich kippe nicht tot um, nein!, ich bin begeistert! „Hände weg!" raunzt er mich an und schlägt mir richtig hart auf die Finger, die schon wieder an die Fischterrine ran wollten. Mann! Ich habs doch gesagt, der ist ein Arschloch!

Neuer Tag, neues Glück. Mit frisch gewaschener Schürze, Kochhaube und sauberen Lappen erscheine ich um 8 Uhr energiegeladen und gutgelaunt in der Küche. Nur Ceci ist schon da, wir räumen auf, reden über dies und das, alles entspannt und routiniert. Wir hören schnelle Schritte, die kommen von Nilvia, Señor Horstis Assistentin. Sie hängt die neuen Bestellungen und Partytermine ans schwarze Küchenbrett. Nilvia sieht immer so aus, als hätte sie panische Angst vor Ölspritzern und Rotweinflecken, die sie bei uns aufs Kostüm kriegen könnte. „Qué?!" ruft Ceci, „250 para un té y un almuerzo para 300? Todo hoy?" "Sí" sagt Nilvia und rennt schnell weg. Na klar, zweihundertfünfzig Leute zum Tee, dreihundert zum Mittagessen… "Chiquita! Rosa!" schreit Ceci, „y dónde está Estefen carajo?" Hängt bei Señor Horsti im Büro rum. Steffen denkt nicht im Traum daran, sich zu stressen. Auf dem Weg ins depósito quatscht er unbekümmert drauf los, als ob mich sein Leben brennend interessieren müsste. „Und denn war ich gestern noch kurz bei meina Ische -" „Deiner was?" „Na, halt die Frau, mit der ich grad rummach. Kensch den Ausdruck nicht." „Deine Schnitte." „Was?" „Na dasselbe!" So, mal sehen, was Marga vorrätig hat, was könnten unsere Mittagsgäste denn essen? „No no no aquí no hay nada!" quietscht Margarita und wedelt abwehrend mit den dicken Wurstfingern. Steffen öffnet einen der Lagerkühlschränke, woraufhin Margarita hysterisch wird. Was will er denn was macht er denn oh

Dios mío, Luis mi amor komm schnell, steh mir bei Inga! Ingals! Luis, der sich um den Weinkeller des Hotels kümmert, steckt seinen Kopf um die Ecke und amüsiert sich. „Menschenskinder", ich stoße Steffen an, „jetzt schreib ihr halt ´ne Bestellliste, mach schon." Er knallt den Kühli wieder zu. „Hola Luis!" „Hola boludo", grinst Luis und geht wieder zu seinen Flaschen. „Was hadder gesagt?" fragt mich Steffen, und „Och nix", sage ich. Margarita tut inzwischen so, als wäre sie ein Riesenbaby, irgendwie niedlich und kuscheltierchenhaft. Das ist grotesk bei ihr. So sitzt sie versteckt in ihrem Lager und tut mir fast schon wieder leid.

Und dann kochen wir Gulasch (ohne Knochen) und Wildragout (mit Knochen), überbackenen Blumenkohl und zwei Rechauds Nudeln, Hälfte Buffet, Hälfte für die dreihundert. Während der Arbeit hören wir einen Gratisvortrag über die ungarische Küche und merken uns vor allem, was die *echte* ungarische Gulaschsuppe enthalten muss: Kartoffelwürfel, rote und grüne Paprika, Zwiebeln, Fleischwürfel, Schärfe, Knoblauch. Und dazu: getoastetes Schwarzbrot. Weil wir danach erstaunlicherweise immer noch gut im timing sind, gibts auch noch „Crème Caramel" in kleinen Schälchen. „Aber Flan haben wir doch schon", wende ich ein, und der Chefkoch wird hochfahrend: „Des ist ja wohl überhaupt net dasselbe! Kansch gar net vergleichen!" „Na denn... Ich lasse ihn machen, muss jetzt sowieso Señora Mausi helfen, die mit den Canapées für die Teegesellschaft nicht fertig wird. „Was habt ihr denn heute gekocht", brummt Señora Mausi ohne Fragezeichen. „Wildragout", sage ich. Wie auf Kommando heben alle alten Damen den Kopf und starren den davonrollenden Rechauds hinterher. Nur Señora Gudrun fasst sich ein

Herz und trippelt zu Steffen in die Küche. „Hören sie, gibt es noch etwas von dem Ragout? Darf ich meinen Teller hier hin stellen, vergessen sie mich auch nicht?" „Aber nein, wie könnte ich", schleimt Steffen liebenswürdig, und zu mir: „Ganz einfach, ich guck weg." „Blödmann", meine ich, aber grinsen muss ich doch. „Tú, Estefen, por qué flan?" bellt Chiquita und streckt drohend einen Kochlöffel in seine Richtung, da brauche ich mit dem Grinsen gar nicht erst auf zu hören.

Señor Horsti und Steffen haben sich etwas Neues ausgedacht: Zweimal pro Monat soll es im Gran Hotel einen deutschen Abend geben, ein Schlachtfest. Schockschwerenot, was soll das denn sein? Señora Trudy klärt mich auf. Also wenn ein Schwein geschlachtet wird, und die große Wurstsuppe, Kesselfleisch, selbstgemachte Blut- und Leberwurst... sie gerät richtig ins Schwärmen. Ah, die geräucherten Speckseiten! Eisbein, Sauerkraut... „Aber ein Schwein schlachten wir doch nicht selber, oder?" „Nein nein, das nicht. Steffens Stiefvater, der Dieter, wird an den Abenden aushelfen. Jetzt frage ich mich nur, wie übersetzt man denn Schlachtfest?" Ich zögere. „Día de carnear...?" „Das klingt aber brutal", wendet Steffen ein. „Ja, finde ich auch, fast wie Kettensägenmassaker." Und am Ende heißt es in der Zeitungsannonce dann „noche alemana". Fehlte nur doch eine Trachtengruppe... aber soweit kommt es nicht, paraguayische live Folklore ist genauso gut, wie an jedem Samstagabend. Später sitze ich mit Ceci zusammen an dem großen Arbeitstisch und schneide Skons auf, die mit Käse gefüllt werden. Vicente und Ovidio schleppen einen Tisch in die fambrería. Und eine Gasflasche, und eine große, einflammige Kochstelle, die wuchten sie auf den Tisch und Vicente fragt, ob ich gesehen habe, wie stark er ist. „Sí", sage ich, „eres Superman." „Y yo?" fragt Ovidio. Wenig später trifft die Lieferung des deutschen Schlachters ein (was es nicht alles gibt in Asunción!), eine große Kiste voll Eisbein. Oder wie sagt man: voll mit Eisbeinen? Schaurig, als ob sie abgefroren und dann abgeschnitten wurden. „Quién va a comer todo eso?" wundert sich Ceci, und ich frage mich auch, wer das essen soll... Es erscheint Señor Dieter. Wir sollen ihn Diego nennen. Und Señora Trudy raunt mir zu, dieser Mann verstünde sein Handwerk *wirklich*. Schön, ich bin gespannt. „Contame todo lo que hace Diego", befiehlt mir Chiquita, erzähl mir alles, was er macht, und behält mit Adleraugen im Visier, was in ihrer Abteilung geschieht. Nebenan zankt sich Steffen mit Ña la Paz, die mal wieder nicht den größten Topf hergeben will, sie hat ihn grade erst abgewaschen! Die beiden sehen total albern aus, wie sie jeder an einem Henkel ziehen, aber Steffen, der bereits den Deckel ergattert hat, haut damit so überraschend an den Topf, dass Ña la Paz vor Schreck loslässt, und dann kann er endlich mit Salzwasser gefüllt auf der extra Kochstelle stehen. Ich schreibe mit Diego die Bestelliste. „Wir machen Spätzle", sagt er. „Qué?" fragt Chiquita. „Eeeh -" oh je wie schwierig, Spätzle sind, eh, also: „Fideos alemanes", sage ich, deutsche Nudeln. Chiquita keckert vor Lachen laut los, Diego starrt wie gebannt auf ihren einen großen Zahn, und Steffen hat vor Stress einen ganz roten Kopf. Neben seinem felsenruhigen Stiefvater wirkt er wie ein aufgescheuchtes Huhn. „Soooo", sagt Señor Diego, „dann woll´n wir mal." Margarita hat von Señor Horsti Anschiss gekriegt und händigt klaglos alles aus, was bestellt wird, und so dauert es nicht lange, bis wir eine große, große Schüssel Spätzleteig fertig haben. „Spätzleteig ist fertig, wenn er Blasen schlägt." Ich kritzele auf meine Papierservietten. „Und jetzt wird geschabt. Siedet das Wasser?" Die halbe Küchenmannschaft steht um den Topf herum, als Señor Dieter auf ein Bänkchen davor klettert und anfängt, den Teig von einem Brettchen ins Wasser zu schaben. Sieht kleckerig aus. Die ersten Spätzle ploppen hoch, allgemeines Ah! und Oh!, und jetzt wollen wir probieren. „Parecen gusanos", sagt Chiquita, aber ob Wurm oder nicht, lecker sind sie! „Und jetzt du", sagt Diego. Ich? Oh nein nein. Da stehe ich auch schon auf dem Bänkchen. „Das Brettchen hältst du so, hier kommt der Teig, bissl verstreichen, und dann schaben, so und so und so..." Toll! Ich kann das! Schabeschabe-schabe... „M-hmm", macht Señor Diego anerkennend, „grad wie die Burschen im Schwarzwald." Oh!!! Jetzt bin ich aber glücklich! Schabeschabeschabe, und nachher erzähle ich alles brühwarm der Señora Trudy, die meint: „Da können sie sich aber was drauf einbilden, Inga! Ein Lob von Dieter..." Was aus den Eisbeinen wird, erfahre ich allerdings nur aus den Augenwinkeln, denn ich gehe jetzt backen. Bei 40°C Außentemperatur fange ich in der Bäckerei an.

BÄCKEREI

"Jetzt bin ich ´ne halbe Stunde hier und könnt mich schon wieder aufregen!" Steffen schimpft durchs Küchenfenster, als ich draußen vorbeigehe. Ceci und Chiquita stehen mit gezückten Hackmessern neben ihm, Vicente linst um die Ecke und ruft „Buen día Wichser!", die alten Damen sitzen in ihrem Esszimmer und spielen Karten, und aus der anderen Ecke ruft Magdalena: „Inga decíle un poco a Estefan que su aceite está caliente, ya le avisé tres veces!" Ich bleibe also eine Sekunde stehen und sage Steffen, dass Magdalena sagt, ich solle ihm sagen, sein Öl wäre heiß, sie sagt ihm das jetzt zum dritten Mal. Ein ganz nomaler Morgen in der Küche. Sehr schön. Steffen sieht aus, als würde er gleich explodieren. Ich gehe weiter, besorge mir Schürze und Haube und warte auf Daniel. Die Bäckerei ist ein lächerlich kleiner Raum ohne Fenster, nur ganz hoch oben ist was offen. Hier stehen ein halbleeres Regal, ein Arbeitstisch und die Knetmaschine. Wenn man deren Aufsatz umklappt, kann sie oben den Nudelteig walzen, während unten weiter geknetet wird. „No metas tus manos", steck deine Hände da nicht rein, rät mir Daniel, als wir das Höllending angeschaltet haben. Draußen auf dem Flur zwischen depósito und Rosas Küchenabteilung stehen zwei große, rostrote Wärmeschränke, in denen die Brote aufgehen können, und gleich daneben zwei Gasöfen. Die lassen wir noch aus, zuerst machen wir mal Teig. „Jedes Brot besteht aus Wasser, Mehl und Hefe, und Salz, alles andere ist extra", doziert Daniel, während er in Margas Kühlschränken nach seiner Hefe sucht. Alles wird lustig in die Knetmaschine geworfen, teils nach Augenmaß, teils mit einem Messbecher ohne Mar-kierungen, und ruckzuck haben wir die ersten 5 kg Teig. Als ob es nicht schon so heiß genug wäre, stellt Daniel jetzt die Öfen an. Augenblicklich rinnt mir der Schweiß übers Gesicht und wir müssen die erste Kanne tereré trinken. Und dann beginne ich mit body building. An den Armen. Ich builde mir in den nachsten drei Bäckereiwochen bis Weihnachten Muskeln an den Armen, von deren Existenz ich vorher gar nichts wusste. Alles vom Brötchenrollen. Daniel klatscht den Teigballen auf den Tisch, formt lange Stränge und reißt Hand über Hand Stücke davon ab, flapp flapp flapp, und die rollen wir beidhändig zu kleinen Brötchen, die die Mittagsgäste auf den Tisch bekommen sollen. Pro Tag hundertfünfzig Stück. Und dann braucht das Hotel noch Sandwichbrot, Weißbrot, Baguette, Weißbrot mit Leinsamen und Kastenbrot mit Malzextrakt, damit wirds schön braun. So geht das eine Woche lang. Tagsüber schwitzen wir wie verrückt, trinken bei der Arbeit tereré mit Zitronen – und Weinblättern („saca el calor del cuerpo", treibt die Hitze aus dem Körper, na dann her damit), ich schwärme vom deutschen Schwarzbrot und Daniel von schönen Frauen im Allgemeinen. Daniel ist witzig. Abends gehe ich vielleicht mal ins Britannia und ins Spurs und habe jedesmal das Gefühl, mir alles redlich verdient zu haben. Wenn ich die Energie dafür aufbringe und es schaffe, mich zum Ausgehen in eine lange Hose zu quälen. Kurz wäre sicher luftiger, aber da sind die Moskitos, und alle möglichen Blicke, die ich nicht auf mich ziehen will... also wenn allein ins Britannia, dann mit langer Hose.

Und dann wird Daniel krank.

Ich gehe also zurück zu Eisbein und Sauerkraut, von dem wir gleich einen respekt- und furchteinflößenden Vorrat anlegen beziehungsweise ansetzen, ins depósito stellen und Margas Gesichtsausdruck ansehen, dass in diesem Fass bestimmt der Teufel steckt. Alles läuft reibungslos. Der erste deutsche Abend ging übrigens ebenso über die Bühne, von den Eisbeinen blieben nur zwei ganz kleine liegen und Señor Horsti ist glücklich. Sein Projekt war erfolgreich, und lecker war es außerdem... Ich meine fast, er ist seit Steffens Amtsantritt etwas dicker geworden. Und dann geht dem Hotel das Brot aus. Am Sonntagmorgen beim Frühstück. Es schrillen alle Alarmglocken, Brot muss teuer ein-gekauft werden, ist zu trocken und zu wenig – und in diesem Ausnahmezustand fällt dem bauchansetzenden, spontanen Manager etwas ein: „Na unsere Inga kann doch alles!" Auweia, schon mal jemand nach einwöchiger Lehrzeit die Bäckerei alleine geschmissen? Aber mein Chef ist so zuversichtlich, dass ich „Ja" sage, ok ich machs. Bloß gut, dass ich immer alle Rezepte mitgeschrieben habe.

Aufgeregt wie beim ersten Vorstellungsgespräch stehe ich am nächsten Morgen vor der Knetmaschine und lege mir in Gedanken einen Plan zurecht: Zuerst die Brötchen, danach ein paar Brote, wird schon klappen. Ich mache alles haargenau so wie Daniel, und liege trotzdem haarscharf daneben. Mein Teig geht auf wie verrückt! Die hundertfünfzig Brötchen verkraften das ganz gut und werden von den begeisterten Kellnern noch ofenwarm vom Blech gerupft und serviert. Mein Sandwichbrot sieht allerdings gefährlich aus. „Was hast ´n da reingetan", fragt Steffen, der sich in der fiambrería scheinbar langweilt und bei mir vorbei guckt, „Sprengstoff?" Mir egal, ich schieb das jetzt alles in den Ofen, so wie´s ist, auch wenn der Teig aus allen Ritzen quillt und die Deckel der Kastenformen wirklich fast wegsprengt. Kann man ja später abschneiden. Als ich drei Stunden später über den Parkplatz wanke, fix und fertig mit Kräften und Nerven, will ich bloß noch duschen und die Beine hochlegen. Morgen kann es nur besser werden. Wird es auch. Heute streue ich schon mit Leinsamen und allem, was ich sonst noch in Daniels Regal finde. Am dritten Tag kippe ich einen halben Liter Bier in die Knetmaschine und sage den Kellnern, das wäre deutsches Brot hehe. „Du trinkst bei der Arbeit?" fragt Steffen mit gespieltem Entsetzen. Ich knete und rolle und bestäube mit Mehl, er lehnt im Türrahmen und erzählt Bundeswehrwitze. Ich tue ihm den Gefallen und grinse ein bisschen. Gegen die Geschichten aus der Marinezeit meines Vaters kommt er nämlich nicht an! Dann verlegt er sich auf die Imitation einer gewissen schwäbischen Radiosendung: „Feinkost Zipp und Frau Werwolf", und damit schafft er mich total. „Frau Werwolf, hammer noch Kiefernlatschenöl?" Bei dem Wort klappe ich zusammen, ich sacke auf die Mehlsäcke und lache, bis ich nicht mehr kann. Ich glaube, ich habe noch nie so ein komisches Wort wie Kiefernlatschenöl gehört! Chiquita erscheint und sagt, morgen gäbs einen Tee für hundertzwanzig Leute und wir bräuchten mehr Sandwichbrot. Also beruhige ich mich und mache neuen Teig. „Chau", sagt Steffen und tritt probehalber gegen das Regal, woraufhin eine Schar Kakerlaken die Flucht ergreift und ihr bedrohlich wackelndes Haus verlässt. Jetzt schreie ich. Bei Steffen brennt irgendwas durch, er rast ins depósito, kommt mit einer Sprühdose „Jupiter" wieder (Jupiter tötet alles, was krabbelt und fliegt) und zückt auch gleich sein Feuerzeug, aber das geht mir dann doch zu weit: „Mein Teig! Was ist mit dem Teig!" „Ach an dem bisschen Piff-Paff wird schon keiner sterben, aber bitte, dann eben ohne Feuer", faucht Steffen mit Killerblick und sprüht den Kakerlaken eins aufs Dach und überall hin. „Zwanzig hab ich grad dahingemetzelt! Und weischt auch, wie man am effektivsten Ratten austreibt? Eine musst du lebend fangen, mit Benzin übergießen und anzünden. So, wie die kreischt und schreit, des vertreibt alle Ratten für immer und ewig." Ratten finde ich genauso eklig wie Kakerlaken, aber Danke für die Information. Wie fängt man denn eine Ratte lebend? Na auch egal, muss jetzt dringend frische Luft schnappen, sonst kriege ich noch Jupitervergiftung.

Ein paar Tage später ist Daniel wieder da und tut, als wär nichts gewesen, und ich auch. Brot backen ist ein schönes Gefühl. Ein Grundnahrungsmittel von Grund auf herstellen, und alle essen, was man gebacken hat... fühlt sich schön an. Kurz vor Weihnachten, für das Daniel und ich an die hundert „Pan Dulce" backen, mit kandierten Früchten, Mandeln und Rosinen, fahren Señora Trudy, ihr Sohn und ich nach Argentinien. Einmal Grenzüberquerung und zurück, für einen neuen Stempel im Pass. Vor drei Monaten war ich kurz mit Don Sol drüben; diesmal hilft mir Señora Trudy. Wir steigen in ihr unauffällig schrottiges Auto mit dem großen Jesusaufkleber auf der Heckscheibe („Tarnung", sagt Señora Trudy), und ihr Sohn schiebt eine Kassette ins Fach. Sandra singt „Maria Magdalena", es kann los gehen! Hinter der Grenze in der argentinischen Pampa singt sie immer noch, wir fahren orientierungslos herum, schlagen die Zeit tot, haben eigentlich Spaß und nach ein paar Stunden keine Lust mehr. Zurück an der Grenze sind wir leider gar nicht unauffällig und müssen fünfzig Dollar löhnen, um wieder nach Paraguay zu dürfen. So ein Mist, soviel Geld für einen Stempel!

Weihnachten bringt mir viele Hochs und Tiefs. Erstmal hoch: Señor Horsti wirft einen Tropfen auf den heißen Stein meiner Ersparnisse, die noch von den bestechenden fünfzig Dollar Stempelgebühr geschockt sind. Er gibt mir 100.000 guaraní (wieviel mag das gewesen sein? Hundert Mark, vierzig Euro?), zu Weihnachten, und weil ich soviel gebacken habe. Noch während ich auf meiner Terrasse sitze, wo neuerdings ein hässlicher kaputter Fernseher den Tisch besetzt und so „fuera de lugar" aussieht, so total fremdkörperlich fehl am Platz, dass er mir schon wieder gefällt, verdunkelt sich schlagartig der Himmel und es fängt an zu reeegnen... die berüchtigten paraguayischen Tropfen en masse. Von einer Sekunde auf die andere strömen Flüsse den Parkplatz hinunter auf die Straße, die sich natürlich auch in einen Sturzbach verwandelt hat, alle Palmen biegen sich in der Regenanfangswindbö stark nach links, und ich sitze da und kanns gar nicht fassen, dass ich da sitze. Ich bin auch ein bisschen fuera de lugar, so allein inmitten der Elemente. Aber ich lasse mich nicht vertreiben, oh nein mein Herr! Ich ziehe die Beine an und mache mich ganz klein auf meinem Stuhl unter dem Dachvorsprung, so bleibe ich zunächst trocken. Na ja und dann wirds doch zu ungemütlich und ich gehe rein. Und weiss nicht, was ich tun soll – mein Blick fällt auf das gelbe Postpaket. Vor allem kann ich nicht mehr warten! Weihnachten ist zwar erst übermorgen, aber das ist nicht zum Aushalten! Also jetzt: Viele liebe Grüße von zu Hause, Marzipankartoffeln, Glühweintee, eine Kassette: Heinz Rühmann liest im Hamburger Michel... Aaach ach, und ich kriege natürlich wieder einen Schmachter nach Hause. Was riecht denn hier so. Das Paket ist es nicht. Oh ach verflucht nochmal, das ist mein Bett, das so stinkt und wo ich drauf sitze! Ich war in letzter Zeit etwas nachlässig und abends auch so müde, dass ich das Bettlaken einfach immer umgedreht habe, anstatt es in die Wäscherei zu bringen. Einmal auf links, dann das Kopf- ans Fußende... Meine Mutter würde Zustände kriegen! Na jetzt ist Schluss damit. Ich rette meine Schätze zurück in den schützenden Karton und rücke dem Bett zuleibe. Wie angenehm sauber es doch zu Hause in Hamburg ist, denke ich, wie von alleine... ja ja, das merke ich jetzt aus der Entfernung. Ich stelle die Matratze gegen die Wand und reiße zwecks Durchlüftung das Fenster auf, eine Einladung für alle Moskitos, die nach dem Regen sowieso nicht wissen, wohin, und dann gehe ich in die Küche, um ein paar Marzipankartoffeln mit Vicente, Daniel und Magdalena zu teilen. Meine Stinkelaken nehme ich natürlich auch gleich mit. Als ich zurück-komme, ist mein Zimmer insektenverseucht und es kostet mich viele Nerven und eine geschlagene Stunde, bis ich alle Moskitos erwischt habe. Nie wieder, schwö-re ich mir und kratze die Stiche auf, die ich bei der Aktion abgekriegt habe. Zum Gluck putzt Lilí eben das Büro von Oscar und Osvaldo, da schnappe ich mir schnell ihre Jupiterdose und präpariere mein Zimmer für die Nacht. Dann gehe ich eine Runde spazieren, muss mich auslüften. Wieder zurück, sehe ich als erstes, wie drei Kakerlaken die Matratze runter-rutschen. Ich habe richtig Lust, am Boden zusammen zu brechen und zu heulen. Nein! Bitte nicht! Nicht schon wieder auf Insektenjagd gehen! Ich hätte Jupiter nicht ins Klo und die Abflüsse sprühen sollen! Jetzt ist es zu spät. Tief seufzend bücke ich mich nach meinen Flip-Flops und schleiche mich an. Fünf Minuten später bin ich dem ersten Nervenzusammenbruch meines Lebens sehr nahe. Ich erwische die Scheißviecher einfach nicht! Ich bin müde, ich will schlafen! Mit einem Verzweiflungsschrei wirbele ich herum und matsche Kakerlak Nummer 1 an die Wand. Abartig sieht das aus. Kakerlakenmatsch. Nummer 2 flüchtet unter der Tür durch ins Freie. Hervorragend. Nummer 3 gerät in Panik, als meine Schläge auf ihn einhageln und zeigt, was Kakerlaken außerdem drauf haben: Sie können fliegen. Jetzt werde *ich* panisch und treffe ihn mit letzter Kraft bei der Landung, und dann schiebe ich meine toten Feinde nach draußen zwischen die Pflanzen. „Qué estás haciendo Ingal?" Was wird denn das, fragt mich Roberto, der kahlköpfige Jeansplayboy, dessen Zimmer irgendwo hinter meinem liegt. Mit Tränen in den Augen blicke ich zu ihm hoch: „Las cucarachas pueden volar!" Ja, nickt Roberto mitfühlend, ja das ist leider wahr und wirklich sehr schlimm. Dann lacht er mich aus und geht Autofahren. Nachts habe ich Albträume. In Hochstimmung katapultiert mich dagegen am nächsten Morgen Chiquita, die ich in Señor Horstis Büro antreffe, wo sie Geschenktüten packt. Viele viele Tüten. Werbegeschenke für die Gäste und Stamm-kunden, denke ich. „No no!" strahlt Chiquita. „Son para nosotros!" Mir fällt die Kinnlade runter. Damit hatte ich nicht gerechnet! Für uns! Weihnachtsgeschenke für die Angestellten! Señor Horsti drückt mir auch gleich meine Tüte in die Hand und ist überschwenglich gut gelaunt. Den Wohltäter zu spielen muss herrlich sein. Ich bin so erfüllt von Glück, dass ich richtig prall davon werde. Also pralle-glücklich. Ganz unerwartet nenne ich mein Eigen eine Flasche sidra, ein pan dulce, und eine tereré Kuhhornguampa mit Schnitzerei: Gran Hotel del Paraguay und der emblematische Papagei. Muss sofort neue Yerba kaufen. Morgen ist Weihnachten, na denn man tou.

KELLNERIN

"Feliz Navidad, feliz Navidad!" Ich kanns nicht mehr hören, und ständig muss man Küsschen links und Küsschen rechts verteilen, auch an Leute, von denen ich lieber verschont geblieben wäre. Alle halbe Stunde wasche ich mir das Gesicht. Am 24.12.1995 ist es vor allem heiß. Wars letztes Jahr auch, was beschwere ich mich eigentlich, und genau wie letztes Jahr laden mich Cartassos ein, mit ihnen zu feiern. Schon das zweite Jahr in Folge, das ich ohne Schnee und deutsche Besinnlichkeit verbringe. Geht auch! Stattdessen steige ich abends in mein aho po´i–Kleid und in den Bus zu Juanita, Papi Cartasso und ihrer Familie. Hoch die Tassen! Moët und Shrimps und glasierter Schinken! Also gastfreundlich sind in Paraguay alle, die Reichen wie die Armen und alle dazwischen auch. Ich finde, das schönste an Weihnachten hier sind die Palmenblüten, die als Krippendekoration verkauft und verschenkt werden und mich an Getreidegarben für Vögel erinnern. Bevor sie ganz auf und auseinander gehen, liegen die eigentlich kleinen Palmenblüten als riesige Dolden wie in eine Schote eingeschlagen, aus der sie dann hervorquellen. Riecht gut und sieht gut aus. Aber dann ist Weihnachten auch nur ein Datum und mein Praktikum geht weiter: Ich bin ab dem 26.12. mit Kellnern dran.

Es findet sich ein schwarzer, nicht ganz enger, knie-langer Rock für mich, weißes Hemd habe ich schon, fehlen nur noch Schuhe. Die kaufe ich mir selber, mit 4cm Absatz, und Vicente hält mir zum ersten Kellnertag ein schwarzes Band hin. Ich lache ihn aus, was soll ich denn *damit*. Das Lachen vergeht mir, ich soll mir das statt Krawatte als Schleifchen umbinden. Alle Kellner sind begeistert, und dann beginnt ein schwerer Monat für mich. Rafa läuft auch in schwarz–weiß rum, und wenn ich mein Selbstwertgefühl behalten will, muss ich eiskalt sein. Schwer wird es aber vor allem, weil ich grotten-schlecht kellnere, viel herumstehe und schüch-tern bin. Severino heißt mein neuer Vorgesetzter, der darf mir alles erklären und unser beider Trinkgeld einstreichen, ich will das nicht. Mir rutschen beim Ser-vieren die Gläser vom Tablett. Nur Señor Bossi begreift nicht, dass ich eine kellnernde Katastrophe bin und besteht darauf, seinen Kaffee von mir an den Tisch gebracht zu bekommen. „Ay, un encanto. Es para mí una manera especial de tomar mi cafecito!" Herrlich. Darf ich mal lachen? Für ihn ein ganz besonderer Kaffeegenuss. Ich habe nicht übel Lust, ihn zu er-würgen. Das lustigste am Kellnern sind am Ende meine Schuhe, die übrigens pünktlich nach dreißig Tagen ihren Geist aufgeben. Señora Trudy erzählt mir die Anekdote: „Haben sie das gar nicht mitgekriegt? Alle haben sie mit Señora Hilda verwechselt, in diesen Schuhen klingen sie beim Laufen beide gleich und haben eine zeitlang das ganze Hotel terrorisiert! Klack klack klack, Achtung Señora Hilda kommt! Und dann biegen sie um die Ecke und alles atmet auf, ach es ist nur die Inga." Ich versuche, der Kellnerei etwas abzu-gewinnen und übe heimlich, sechs Plastikteller auf meinen Armen zu balancieren und ein Salatbesteck einhändig zu benutzen, aber großen Spaß macht mir das nicht. Auch nicht, mich mittags in mein neues Outfit zu zwängen und dann zwischen kaltem Restaurant und heißer Küche hin und her zu pendeln. Kälteschock, Hitzeschock, Kälteschock... Nach zwei Wochen zähle ich die Tage, bis ich endlich nicht mehr mit den Kellnern arbeiten muss, die sich auch noch allesamt für was Besseres halten, nur weil sie besser angezogen sind. Bis dahin brauche ich irgendeinen Spaßausgleich und finde ihn einerseits im Spurs, wo ich, wie Mauro sagt, herumlaufe als gehörte mir der Laden und wäre überhaupt „la dueña del mundo", weshalb ich es wahrscheinlich auch schaffe, dem DJ meine Kassette aufzuschwatzen und dann allen Anwesenden zu zeigen, wie man zu „Disconsolation" ein Solotänzchen hinlegt. Andererseits lasse ich mich bereitwillig von Vicente beeindrucken, der stolz sein Motorrad vorführt und deshalb sofort behauptet, im Grunde auch „mecánico" zu sein. Ach so ja, wie praktisch. Ich glaube ihm kein Wort, der kennt ja noch nicht mal die Verkehrsregeln, aber ich bewundere ihn trotzdem gebührend, und dann drehen wir ´ne Runde. Helm? Nie gesehen, in ganz Asunción nicht. Es ist ja auch nur ein ganz kleines Motorrad, fast noch ein Mofa... was bedeutet, das wir damit auf den allanteruntersten Rängen fahren, denn in Asunción gilt: Je größer, desto wichtiger. Ein Moffa hat *nie* Vorfahrt, niemals. Wie die Bekloppten knattern wir also einmal um den Block, Vicente hat es gerne, dass ich mich an ihm festhalten muss, und die anderen sind neidisch. „Por qué no me visitan un día? Silvia puede hacer un rico arroz con pollo, e Inga puede ver donde vivimos..." sagt Lisandro, und ich sage sofort "Sí!", na klar will ich ihn und Silvia besuchen und Reis mit Huhn essen! Und Vicente sagt, dass sie sowieso alle in demselben Dorf wohnen, in Valle Pukú. Und das heißt? Langes Tal. Also dann, diesen Freitag auf nach Valle Pukú!

Ich bin heute so gut drauf und dermaßen sorglos, dass ich den ganzen Tag nur Punk im Kopf habe. Nichts ernstes, bloß Tote Hosen und WIZO: „Keine Rede nur die Tat, stopt den skrupellosen Staat". Nach der Arbeit machen Vicente und ich eine Probefahrt bis nach Luque, das grenzt ziemlich übergangslos an Asunción und ist auch eine Stadt, gleich hinter dem Militärflughafen. Hier ist wegen ihrem einen Fußballclub alles in blau-gelb, genau wie mein Hockeyclub in Hamburg, und ein Schweinchen grinst uns von jeder Ecke an, das ist das Luque-Fußballmaskottchen. Im Schritttempo durchqueren wir ein Marktviertel, wo sich die Stände über den Bürgersteig bis auf die Straße ausgebreitet haben, und Vicente sagt, dass man hier absolut alles kaufen kann, vor allem aber auch filigranen Silberschmuck, Harfen und Gitarren. Ach nein danke, heute brauche ich keine. Bei José, einem echten mecánico, ziehen wir ein paar Schrauben nach und machen uns dann wieder auf den Rückweg, sonst fährt Vicente mit mir noch bis ans Ende der Welt! Wir schaffen es heil zurück ins Hotel, aber am Freitag ist das liebe Motorrad leider kaputt. Also fahren wir Bus.

Eine blau-gelbe Klapperkiste kutschiert uns bis nach Luque, dort steigen wir um und rumpeln weiter Richtung Areguá, teils auf Feldwegen, teils auf Landautobahnen. Also Autobahn natürlich nicht, sondern „ruta". Bis Vicente an der Klingelstrippe zieht. Dann stehen wir plötzlich im Grünen, die ruta schlängelt sich um die Kurve, und linker Hand liegt das lange Tal, Valle Pukú.

Sieht für meine ungeübten Augen aus wie ein grüner Tunnel. Wir gehen da rein. Auf beiden Seiten der Dorfstraße (rote Erde, roter Staub, wie überall) stehen Häuser im Grünen versteckt, mal mehr mal weniger armselig, und nach circa zweihundert Metern kommen wir zu einem, das überhaupt nicht zu sehen ist und Lisandro gehört. „Acá entramos", sagt Vicente, hier gehts rein, und ich folge ihm über freigespühlte Baumwurzeln den Dschungelpfad in den Wald. Muss wohl Wald sein, denke ich, soviele Pflanzen... Vicente bückt sich alle Naselang und rupft yuyos ab, Kräuter für seinen tereré, und dann kommt ein Gatter und dahinter stehen Silvia und Lisandro und freuen sich. Wo ein Gatter ist, gibts meistens auch einen Zaun, und dieser hier zäunt ein ziemlich großes Grundstück ein, auf dem verschiedene Pampelmusenarten, Mandiok, Zimtbäume, Mangobäume und noch vieles mehr wächst. Es laufen verschreckte Hühner durch die Gegend, Hunde kläffen, der Welpe Yogi hat es auf meine Turnschuhe abgesehen, und Silvia sagt: „Bienvenida a nuestra casa Ingals!" Das können die sich einfach nicht abgewöhnen, mal habe ich ein L, mal ein LS hinten am Namen. Schuld ist eine Fernsehserie, die ich nie gesehen und vorher nie von gehört habe: „The Ingals Family", mit Michael Landon. Aber alle wissen sofort Bescheid: „Aah! Ingals! De la familia Ingal!"
Lisandro hat ein richtig stattliches Haus gebaut: zwei Zimmer, die Seite zum Grundstück hin paraguaytypisch überdachte Terrasse, Klohäuschen irgendwo unter den Bäumen, zwischen den Zimmern eine kleine Küche, sogar mit Kühlschrank und Fernseher, nur das Wasser zum Kochen und Waschen wird am eigenen Brunnen hochgezogen. Fensterscheiben kommen später irgend-

wann mal, und das Verputzen hat auch noch Zeit. Nachdem sich die Hühner und der Wachhund beruhigt haben, sitzen wir sehr entspannt auf der Terrasse und reden hin und her, ob es nun eine große Ehre und ein großes Vertrauen ist, dass ich nach Valle Pukú gekommen bin, oder ob es ganz normal und interessant ist. Ich bewundere alles aufrichtig. Das ist toll, was die beiden mit ihrem knappen Gehalt auf die Beine gestellt haben, und alles ist ordentlich, gepflegt und sauber. Auf dem Land ist es schön, in der Stadt ist alles immer viel komplizierter. Und verhungern bräuchte hier auch niemand, bei so vielen Früchten an den Bäumen... „Sí", sagt Silvia und lacht, „pero la gente no quiere comer mango." Nicht? Die will keiner? Also ich könnte mich problemlos von Mangos ernähren. Silvia guckt zwar ein bisschen ungehalten, dass sie auch für Vicente mitkochen soll, aber ich und Yogi helfen ihr. Wir jagen die Hühner so lange durch den Garten, bis sie ko sind, dann schnappt Lisandro eins, fesselt ihm die Beine und lässt es ausruhen, damit das Fleisch nicht total zäh wird, und dann gibt es „pollo con arroz", was ganz phantastisch schmeckt, auch wenn wenig Fleisch drin war. „Ah, sí sí!" lacht Lisandro und legt sein Gesicht komplett in Lachfalten, „era una gallinita muy perezosa, chiquiiiiita, no quiso poner huevos..." Tja, Schicksal eines kleiiiinen faulen Hühnchens, das keine Eier legen wollte....

Gegen Ende meines glanzlosen Kellnermonats hat Margarita Geburtstag, und wenn Señor Horsti Angestelltenpartys veranstalten kann, dann kann sie das ja auch, sagt sie, und lädt uns alle zu sich nach Hause ein. Marga braucht sich weder um einen Mann noch um Kinder oder Familie zu kümmern, sie hat ihr Gehalt für sich alleine, wohnt alleine, ist alleine... also kreuzen wir bei ihrem erstaunlich tollen Haus auf und leisten ihr Gesellschaft. Zusammen füllen wir eine Kühlbox mit Bierdosen, kleines Geburtstagsmitbringsel, und dann wird im Hof und im Wohnzimmer unterm Plasikweihnachtsbäumchen gefeiert. Mit asado und noch mehr zu trinken. Margarita ist glücklich, dass auch Luis mitgekommen ist, wir tanzen angedüselt cachaca und sind felices. Als die Party nicht mehr weiter gehen kann, weil sie eben zu Ende ist, plumpsen Gertrudis und ich links und rechts neben Marga auf ihr Doppelbett und wollen einschlafen, doch obwohl er eigentlich mit Vicente auf den Sofas schlafen sollte, erscheint plötzlich Marcos, ein Kellnerkollege, schreit „Oh my god!" und fällt quer über uns rüber, dass wir kreischen und strampeln und ihn rausschmeißen, und während Margaritas letzter hysterischer Lachkrampf langsam abebbt, kehrt ebdlich Ruhe im Kasten ein.

Am nächsten Morgen sind wir alle super top-fit – mentira, alles Lüge. Wir kämpfen uns hoch, grinsen und lassen uns vom Geburtstagskind ins Hotel fahren, dort gibts Frühstück, um halb acht... sehr schön, wir sind einer so fertig wie der andere und gehen am Samstagmorgen an die Arbeit. Ich helfe Zucker-Irma Erdbeeren schnippeln und fühle mich wohl.

DEPOT

Ich werde regelrecht süchtig nach dem Landleben. Sogar Mauro überrede ich dazu, mit mir raus zu fahren und bei Lisandro und Silvia tereré zu trinken. Und dann wird wieder gearbeitet, er bei seiner Zeitung und ich im depósito. Señora Trudy sagt: „Ja die Margarita hat mir die Ohren vollgejammert. Sie braucht wohl ihre Hilfe, Inga, und ich finde auch, dass das eine gute Idee ist, vielleicht erfahre ich dann endlich mal, wie das depósito funktioniert! Lassen sie sich das alles zeigen, und anschließend zeigen sie´s mir, ich bin nämlich noch nicht ganz dahinter gekommen, was Margarita da eigentlich den ganzen Tag lang treibt." Ich lasse mich also offiziell in das unergründliche Lager einschleusen und schaue der dicken Margarita von 8 bis 17 Uhr über die Schulter. Und nebenbei auch sonst überall hin, wer hätte gedacht, was es hier alles gibt! Sogar einen Keller, aber dessen fünf Kellerstufen sehen so fürchterlich aus, dass ich zunächst keinen Erkundungsgang wage. Vielleicht lebt ja auch irgendetwas da unten... Margarita betritt den Keller sowieso niemals, fünf Stufen sind viel zu viel für sie. Sie sitzt lieber. Ich dagegen halte das nicht lange aus und fange an, die Regale abzustauben und zu wischen. „Ingals! Qué estás haciendo!?" Was ich da tue? Von meiner Leiter aus zeige ich ihr stillschweigend den dreckigen Lappen. „Ay!" Sie vergräbt den Kopf zwischen den Armen. Depósito macht mir richtig Spaß. Ich bewege mich gerne zwischen Vorräten und Kühlschränken. Nebenan rattert Daniels Knetmaschine, vom Innenhof kommt Folklore aus dem Büglereiradio, die Papageien kreischen und Rosa kann ich auch sehen, wie sie hackt und kommandiert. Dann wirds spannend, Margarita bekommt ein Pampasreh geliefert. Ausgenommen, kopflos und gehäutet liegt es draußen auf der Arbeitsplatte, und Chiquita und Armindo kümmern sich solange drum, bis es zerlegt und zersägt ist. Rehrücken für Steffen, alles andere in die Gefriertruhen. Margarita betrachtet die Tüten mit Reh als ihre persönlichen Feinde und will gerade alle lieblos in die Kälte werfen, als ich dazwischen springe und ihr die Arbeit abnehme. Alles ein bisschen ordentlicher stapele ich die gefrorenen Surubís auf die andere Seite und packe die Rehtüten hier hin... geht doch! Dann klingelt es. Am Personaleingang stehen die Marktfrauen. Margarita watschelt hin, ich hinterher, und nachdem wir alles gekauft haben, sollen Obst und Gemüse im Kühlschrank verschwinden. Der ist aber schon voll. „Ay", sagt Margarita und will alles nach hinten schieben. Dabei fallen ihr die Tomaten runter und hat sie keine Lust mehr. Aber ich. Wahnsinn, was hier alles vor sich hin gammelt... raus, alles raus damit, die Hälfte in'n Müll, danach neu ordnen – sollte ich ein ungeahntes Talent an mir entdeckt haben? Ist das meine Bestimmung? Lagerverwalterin? Ich bin verschwitzt, schmutzig, ich stinke und bin kaputt, aber ich hatte Spaß. Das soll wohl was heißen... Nach dem Duschen lege ich mich aufs Ohr und gehe abends sofort Bier trinken, ins Britannia. Neunzehn bin ich nämlich immer noch, und außerdem frei und glücklich, und ich will mal sehen, wer heute alles da ist.

Nach zwei Tagen depósito bin ich mir 100% sicher, dass Marga keine Ahnung weder von Lebensmitteln noch deren Aufbewahrung hat. Auf Steffens Bestelliste steht „lomo der cerdo", also ein Carree, ein Lendenstück, lang, groß und ohne Knochen... hep wi nai. Marga befördert mit viel Ach und Krach eine Tüte Schwein aus der Gefriertruhe hervor, die schleppe ich zu Maciel, der mal Pause mit Orangensaftpressen machen soll und bitte ihn, mir beim Schneiden zu helfen, hier der Knochen, der muss weg... „Estás loca", sagt Maciel mit ungläubigem Blick auf das Schweinepaket,

„está congelado!" Richtig, sehr richtig. Steffen sagt ok, dann eben Koteletts, aber´n bisschen dalli. Er geht weg und wir zeigen ihm beide den fuck-Finger. „Y bueno, cortá!" ermuntere ich Maciel, dann man los, schneiden! Und Maciel müht sich nach Kräften ab, schneidet und sägt und flucht und drückt, und dann muss ich in Deckung gehen, denn er pfeffert den ganzen gefrorenen Fleischbatzen mit Geschrei und gotteslästerlichen Flüchen auf den Fußboden, kein einziges Kotelett kriegt er hier von abgesäbelt! Steffen kommt um die Ecke geschossen, sieht Maciel, mich und das Fleisch auf dem Boden und packt sich weg vor Lachen. Maciel heult fast, außerdem sind seine Finger vor Kälte abgestorben und Margarita sagt mit Babystimme und Unschuldsmine, da müssten wir ihr halt früher Bescheid sagen, dann könnte das Fleisch auftauen. „Tenés que guardarlo mejor, en mejor forma", oder einfach nicht als Klumpen einfrieren, meine ich. Und Steffen fragt: „Was ist der Unterschied zwischen einer Paraguaya und TetraPak?"

Am nächsten Tag regnet es mal wieder, und zwar so stark und anhaltend, dass Vicente und Ovidio nicht nach Hause fahren können, weil es keine Busse gibt, die auf den überfluteten Straßen klarkommen, und die Marktfrauen aus San Bernadino dürfen ausnahmsweise sogar ins Hotel rein, aber trocken werden sie davon auch nicht. Sie amüsieren sich darüber, dass Marga nun eine Gehilfin hat und freuen sich, dass ich ihnen beim Tragen helfe, obwohl ich doch jung, deutsch und viel zu gut für sie bin. So ein Blödsinn, „tontería", sage ich ihnen. Als sie wieder weg sind, stehe ich am Hintereingang und gucke durch die Regenwand über die Stadt, das sieht klasse aus. Mein Königreich, denke ich.

Später komme ich durch die Hotelhalle und entdecke Vicente und Ovidio, die mit den Typen von einem Master-Lehrgang Fußball gucken, Paraguay gegen sonstwen. Und weil es einfach nicht aufhört, zu regnen, dürfen sie nachher bestimmt in der Wäscherei übernachten.

"Hoy voy a tomar eso", sage ich zu María und zeige auf eine der Whiskyflaschen hinter ihr. „Famous Grouse?" fragt sie, und ich zucke nickend mit den Achseln. Ich habe keine Ahnung von Whisky, aber der Rotwein im Britannia ist scheußlich, und auf das paraguayische Bier habe ich keine Lust mehr. Deshalb werde ich heute also Famous Grouse trinken. Con hielo, mit Eis, weil es drinnen wie draußen gleich warm ist. In Hamburg haben wir fast immer nur Bier getrunken. Nachdem die Sektphase vorbei war. Plötzlich schwelge ich in Erinnerungen, während ich mich auf den Barhocker unter dem Fernseher zurückziehe. Ratsherrn, Köpi, Veltins, Jever – Holsten vom Fass! Oder Kristallweizen. Große Gläser zum Festhalten. Und im Clochard haben wir den ganzen Abend jeder an einer Astra genuckelt, den kleinen, braunen, dicken Flaschen, den Astra-Keulen. Für Mädchen, die nichts ausgeben wollen und nichts vertragen. Ach ja, Hamburg St. Pauli. Ob es das Ahoi in der Hafenstraße noch gibt? Da hatten sie auch Astra, mit dem man sich auf die Treppen nach draußen setzen und die Schiffe beobachten konnte. Mit meinem Exfreund bin ich wie verrückt durch die Stadt gelaufen. Haben jedesmal einen neuen Treffpunkt ausgemacht und sind dann einfach losgegangen. Stundenlang. Die Stadt entdecken. Zwischendurch Platten kaufen, Bier trinken, Eis und Döner essen, und immer wieder am Hafen landen. Hamburg ist sooo cool... merkwürdig traurig blicke ich in mein Whiskyglas. Wegen meinem Exfreund oder was? „Qué pasa", fragt Dino, was´n los, und dann wird der Abend wieder lustig. Dass ich ein paar Stunden später mit einem Glas Rotwein da stehe, ist natürlich ein böser Fehler, ein ganz böser. Wir sind superschlau und stellen fest, dass ich überhaupt nicht weiss, wo Dino wohnt, da bietet es sich ja an, zusammen in ein Taxi zu steigen und genau dorthin zu fahren. Als ob ich mir betrunken die Adresse merken könnte. Ehrlich gesagt merke ich gar nichts und beschließe stattdessen, sofort schlafen zu gehen, und zwar in Dinos Zimmer auf der Matratze auf dem Fußboden. Der will sich gleich dazu legen, aber ich schubse ihn weg, nichts da, hier liege ich! Weil er nicht kapiert, flüchte ich in sein Bett und sage ihm so, Pech gehabt, jetzt musst du da unten liegen, und dann schlafe ich ein. Am nächsten Morgen sehe ich, dass ich in Unterwäsche geschlafen habe, ziehe meine stinkigen Britanniajeans und das Oberteil wieder an und suche das Badezimmer, um den ekligen Geschmack aus meinem Mund mit Seife weg zu waschen. Dino sieht morgens genauso aus wie abends, nur mit kleineren Augen. Er macht zwei Nescafé, ich sage der Mutter oder der Schwester oder wer auch immer das ist „Guten Morgen", und dann schlurfen wir durch die leeren Straßen zum Hotel. Also jetzt weiss ich, wo Dino wohnt! Und ich bin ganz zufrieden mit mir und der Samstagmorgenwelt. Gut, dass da nichts gelaufen ist zwischen uns, das war ja auch gar nicht geplant, jedenfalls von mir nicht. „Y después?" fragt Dino, wie, was, und danach. Danach gar nichts, ich bedanke mich fürs nach Hause bringen. Auf Wiedersehen, tschüß machs gut. So kann man sich auch wieder in die Augen sehen. Als ich mich im Spiegel sehe, denke ich, dass Whisky vielleicht doch nicht das richtige für mich ist. Nachmittags sitze ich bei Marga im depósito, wo eine neue Spezies Riesenmoskito über mich herfällt, deren Stiche auch noch weh tun und anschwellen. Die Biester sind mit eingeknickten Beinen an die 4cm groß, wahre Monster! Ich muss mich richtig überwinden, sie tot zu schlagen. Ansonsten ist alles friedlich, wir malen psychodelische Filzstiftbilder und freuen uns, dass niemand etwas von uns will. Es fühlt sich schön an, alle zu kennen, mit niemandem zerstritten zu sein, überall hin gehen zu können, zu wissen, wie alles läuft... in diesem Moment stürmt Señora Trudy in den Innenhof. Margarita duckt sich. „Yo no estoy!" flüstert sie mir zu, aber natürlich ist sie nicht da! Señora Trudy belädt sich mit Tischdecken und Servietten und eilt wieder davon. Das kann nur bedeuten, dass es heute noch eine größere Gesellschaft zu bewirten gibt. Steffen hat heute frei, der nächste deutsche Abend ist erst in einer Woche, also werden Ceci und Chiquita alleine kochen und alles wird stressfreier ablaufen. Da flattert auch schon ihre Bestelliste zu uns ins depósito und ich mache mich an die Arbeit. „Inga wir gehen nachher ins Austria, da kommen sie doch mit?" fragt mich Señora Trudy, als alle Gäste versorgt sind und immer noch alles stressfrei läuft. Eigentlich bin ich ein bisschen wackelig auf den Beinen, aber ich sage Ja, muss vorher nur noch was essen, das hatte ich bisher ganz vergessen. Das Austria hat eine eigene Brauerei und gleich mehrere Bierspezialitäten im Angebot, und die Speisekarte soll wohl zur Hälfte österreichisch oder deutsch sein. Auf den Bierdeckeln prangt ein schwarzer, doppelköpfiger Adler untem rot-weißen Banner, Humpen in der Kralle. Alles ist hier groß und hell, mit hellem Holz und Swimmingpool im Garten, hinter dem die Luxusautos der Luxusgäste parken. Nur eins ist leicht zerbeult, und aus dem steigt Rolando. Ach herrjeh, mein angeblich alter Bekannter! Na er ist in blonder Begleitung, wie schön. Señora Trudy erzählt, dass es hier in der Nähe auch noch die Bayernstuben gibt, aber im Austria wärs netter. Rolando hat mich entdeckt und begrüßt alle an unserem Tisch, und Señora Trudy sagt: „Also Inga hören sie mal, sie sind doch erst seit ein paar Monaten hier"- „Seit acht", werfe ich ein – „und sie kennen schon halb Asunción! Was machen sie denn bloß, wenn sie nicht arbeiten?" „Ich kann nichts dafür", sage ich und spiele Schmollmund. Señora Trudy lacht. „Na dann gehen wir gleich noch in die Bayerstuben, wir wollen doch mal sehen, ob sie da auch jemanden kennen!" Mein Bierhumpen hat mich willenlos gemacht, also gehen wir. Die Bayernstuben sind genauso, wie sie heißen. Ich war zwar noch nie in Bayern (im tiefen Süd-Deutschland, das für Hamburger bekanntlich ab Hannover beginnt), aber das hier kann nur total bayrisch sein, und eine Stube gibt es auch. Die Ottonormalverbraucher sitzen auf Bierzeltbänken an langen Tischen mit karierten Deckchen, aber wir dürfen an den kleinen Stammtisch in die gute Stube. Am großen Stammtisch hocken schon ein paar merkwürdige Gestalten, die uns auf deutsch (auf bayrisch? Vielleicht wars auch Spanisch...) begrüßen. In unserer Ecke tratschen Señora Trudy, ihr Sohn und ihre Nichte Carmen fröhlich drauf los, ich staune über alles, aber schon bald kann ich nicht mehr. Bin kaputt und muss nach Hause kutschiert werden. Als ich Señora Trudy das nächste Mal über den Weg laufe, erzählt sie mir, die Chefin aus den

Bayernstuben hätte gesagt, was ich doch für ein „g´sundes, saubres deutsches Mädel" sei. „Ach du meine Güte, wie kommt sie denn darauf!", seufze ich und muss lachen, denn sowas hat wirklich noch nie jemand über mich gesagt.

Es vergeht eine erholsame depósito-Woche, die ich mit Spaziergängen durch die Innenstadt und Eis essen abrunde. Es gibt richtig gutes Eis in Paraguay! Nicht in Kugeln, sondern portionsweise im „cucuruchu" (Waffel, aber ist cucuruchu nicht ein viel tolleres Wort?) oder im „pote", und man kann sich auch noch kiloweise Dekorationskalorien darauf häufen, die komplette Palette Schoko, Streusel, Obsalat und Sauce. Aber sowas brauche ich nicht, das Eis allein ist schon lecker genug. Gestärkt laufe ich ziellos durch die Straßen und entscheide an jeder Ecke spontan, wo es lang geht. Meinen Stadtplan habe ich natürlich dabei, aber Asunción ist so kariert wie jede kolonial angelegte Stadt, da ist es schwer, sich richtig zu verlaufen. Dafür, dass es in Paraguay eine so üppige Vegetation gibt, ist es hier im Zentrum erstaunlich unbegrünt. Als ich plötzlich vor einer Häuserzeile mit Straßenbäumen stehe, schieße ich sofort ein Foto. Die alten Häuser gefallen mir, die neuen nicht. Es gibt hier viel mehr Hochhäuser als in Hamburg. Den Hafen nehme ich mir ein andermal vor, aber morgen nicht, denn da habe ich Geburtstag. Was niemandem aufgefallen wäre, wenn meine Eltern nicht ein Glückwunschfax geschickt hätten. „Felicidades!" schreiben sie groß drauf, das fällt Señor Horsti natürlich sofort ins Auge, und er strürmt mit dem Fax in der Hand ins depósito, um mich zu umarmen. „Unsere Inga! Wie alt wirst du denn?" „Zwanzig." „Aaach, so jung, jung muss man sein! Na, dann woll´n wir doch mal sehen –

Chiquita!" Und er stürmt weiter in die fiambrería, ich fürchte, ich weiss schon, was er da will... Mit rasender Geschwindigket verbreitet sich die Kunde meines Geburtstages im Hotel, und alle nehmen es so wichtig, als wäre ich ihre Tochter, Enkelin, Freundin – der Liebling aller und überhaupt die wichtigste Person des Tages. Soviel Aufmerksamkeit ist mir unangenehm, doch bevor ich mich verdrücken kann, schiebt mich Señor Horsti in den Garten, und dort steht ein gedeckter Tisch mit Torte, Spießchen, Sandwiches und Sidra. Und alle compañeras und compañeros drumherum, es wird gesungen und umarmt, alle nutzen es aus, dass das Hotel während der Arbeitszeit was für sie springen lässt, und ich freue mich auch aufrichtig. Post von zu Hause gab es außerdem, und ein gesammeltes Geburtstagstaschengeld vom Chef und allen anderen, falls ich heute Abend noch feiern gehen will... allerdings, das habe ich vor!

Auf dem Weg ins Britannia ducke ich mich nicht tief genug unter einem bürgersteigüberwuchernden Baum und bekomme einen Ast mitten ins Auge – das ging ins Auge, aua! Einseitig tränend marschiere ich tapfer weiter, mir kann heute rein gar nichts die Laune verderben! Dann gibt es einen Mordsknall, und im Umkreis von hundert Metern hält die Zeit still und alles den Atem an. An der Kreuzung überschlägt sich ein Pick-Up, kracht auf die Straße, sogar richtig herum, alle fangen keuchend wieder an zu atmen und einer ruft den Krankenwagen. Ich wische mir nochmal die Tränen weg und setze wieder einen Fuß vor den anderen – heute muss ich scheinbar aufpassen, wer weiss, was es noch für Überraschungen gibt! Kurz darauf stehe ich wider Erwarten unbeschadet vor Alfons, dem ich eröffne, heute würde ich für alle bezahlen, also alles Bier für meine Bekannten. „Wie schön, hast Geburtstag?" freut sich Alfons, und ich nicke. „Na dann lad ich dich ein", sagt er. Und so geht das dann den ganzen Abend weiter, und am Ende habe ich sogar noch Geld über. Steffen hat es auch ins Britannia geschafft und ein Mädchen mit kurzem Kleid und vielen schwarzen Locken auf dem Knie sitzen. „Das ist ja richtig gut hier!" „Ja, weiss ich. Und jetzt zeige ich dir noch das Spurs." Dort treffe ich Mauro und der Abend geht perfekt zu Ende.

Mit zwanzig, muss man da vernünftig sein, anständig, erwachsen, langweilig...? Weil man nämlich schon zwanzig ist? Oder ist man erst zwanzig und darf noch ohne Gewissensbisse Blödsinn machen? Ich z.B. bin noch die ganze Woche lang anständig: Zusammen mit Señora Trudy machen wir mal anständig sauber im depósito. Von oben nach unten. Dafür binden wir uns Buschräuberhalstücher vors Gesicht und wedeln mit Ñandú-Federn an langen Bambusstangen an der Decke herum, bis es Spinnweben und Staubfäden schneit. Daniel fängt sofort an, seine Bäckerei auszufegen, nicht, dass er noch unseren Dreck abbekommt! Während Señora Trudy auf einer Leiter steht und die Oberseite der Kühlschränke abwischt, wedele ich noch in dem einen Lagerraum, wo alles steht, was eigentlich nie gebraucht wird. Plötzlich fällt von oben etwas auf mich runter und landet direkt auf meinem Kopf – eine Kakerlake! Aiiiiieh! Eeeeklig! Was soll ich tun, wegrennen? Kommen da noch mehr? Nee, Maciel kommt, von meinem Geschrei angelockt. Und er findet den einsamen, abgestaubten Lagerraum scheinbar voll romantisch, denn er will mich in den Arm nehmen und murmelt: „Ay Inga." „Ay no, nono", sage ich, Maciel hat ja wohl'n Rad ab. „Estoy trabajando, y las cucarachas me atacan", ich arbeite hier und die Kakerlaken greifen mich an, erkläre ich ihm die Situation und dann gehe ich weg. Zu Señora Trudy. Die sagt: „Schade schade dass wir keinen großen Staubsauger haben, dann wären wir hier in Nullkommanichts fertig!" Sehr richtig, das denke ich auch. So aber brauchen wir einen geschlagenen Tag, von früh bis spät, um den gröbsten Schmutz und Staub zu beseitigen, der sich mit den Ausdünstungen der Küche zu einer zähen Fettschicht vereint hat, und gefeudelt ist danach immer noch nicht. Das darf Maciel machen. Wir sind eingesaut und verschwitzt, die Hoteldame ist nicht wieder zu erkennen! Am nächsten Tag nehme ich den Kampf erneut auf und mir das Innere der Kühlschränke vor, die zweckmäßigerweise gerade leer und abgetaut sind. Ich habe keine Lust, beim Putzen irgendwie gebückt da zu stehen, während Vicente & Co. vorbeigehen, also klettere ich rein. Groß genug sind die Apparate ja, und man kann die Lattenroste abnehmen und raus stellen. Jetzt stehe ich zum ersten Mal in einem Kühlschrank und bedaure nur, dass es dort nicht besonders kühl ist. Steffen der Saftsack knallt mir aus Spaß eine der Türen zu, oh wie lustig, aber ich bringe das jetzt zu Ende, basta. Das Ergebnis ist sehr befriedigend und macht Mut auf mehr: Salz-Irma erklärt sich bereit, mit mir die depósito-Toilette zu putzen, wo allerdings nur Waschpulver und anderes Seifenzeugs gelagert wird, von dem diese Toilette aber noch nie selbst etwas abbekommen hat, wies scheint. Als erstes gießt Salz-Irma Baygon ins Klo (ein noch stärkerer Alleskiller als Jupiter) und spühlt, was prompt eine Ratte hervorlockt, die aus dem offenen Abflussrohr im Boden klettert. Salz-Irma kreischt aus Leibeskräften und springt auf den Klo-schüsselrand, ich drücke mich schützend an die Kühl-schränke, und die Ratte flitzt raus. „Por qué no la mataron!?" herrscht uns Arminio an, der in der Küche gefegt hat. Wir gucken bloß unschuldig und machtlos. Wir sind doch hier die zartbesaiteten Mädchen, und er hält eine Waffe in der Hand! „Matála tú!" sage ich ihm, schlag du sie doch tot, du mit deinem Besen. Danach bricht die Hölle los, denn Ratten soll es in seinem Hotel doch bitteschön nicht geben, befiehlt Señor Horsti, und nun wird überall gesprüht und gegiftet, bis die amerikanischen Mummys und Daddys sich über den Baygongestank beschweren, das wäre ja gar nicht gut für die Babys. Recht haben sie. Dass wir Vierbeiner bekämpfen, sagen wir ihnen aber nicht, sonst ziehen sie am Ende noch aus. Nach unserem gemeinsamen Jagderlebnis hat Salz-Irma Vertrauen zu mir gefasst und lädt mich zu sich nach Hause ein, damit ich mal sehe, wie es da so ist, sagt sie, und wohl auch, damit ich es fuer „gut" befinde, denke ich. Wir fahren nach der Arbeit los, der Bus holpert und rattert und es nimmt gar kein Ende, doch schließlich entlässt er uns auf einem matschigen Hügel mit kleinen Häusern drauf. Eins gehört Salz-Irma, und ich finde auch alles gut, sehr gut, doch doch natürlich. Wir trinken tereré, der ist ebenfalls gut, nur für das Geburtstagsgeschenk, das sie ihrem vierjährigen Sohn vorbereitet, kann ich mich nicht so recht begeistern: „Was soll er denn mit einem arreglo frutal?! Nicht lieber einen Bagger, oder wenigstens ein großes Eis?" „No", lächelt Salz-Irma, als ob sie sich selbst normal komisch fände, und behauptet, einen Korb mit schön angerichtetem Obst hätte das Kind viel lieber. Oder der Bagger ist einfach zu teuer.

Dann stehe ich einmal bei Ceci in der fiambrería und stürze Flans auf lange Servierplatten, als eine Ratte um die Ecke huscht. Zufällig ist eine Holzlatte zur Hand, und ich schlage mal versuchshalber nach dem Biest, um es wenigstens in die Ecke zu treiben, aber die Ratte macht nur einen kleinen Hopser und läuft mir zwischen den Beinen durch unter den Kühlschrank. Moralisch völlig am Boden lasse ich die Schultern hängen und zeige Arminio, wo sie verschwunden ist. Nicht mal eine Ratte hat Angst vor mir. Zur Aufmunterung zeigt uns Steffen, wie man Linzertorte und Sachertorte bäckt, in Ermangelung von Johannisbeergelee mit Guayaba-marmelade. Und später, um Mitternacht, gucken wir noch ein bisschen „Boomerang" im Hotelfernseher, allerdings ohne Ton, weil immer noch eine Hochzeits-gesellschaft bei uns feiert. Aber das macht nichts, Steffen kann synchronisieren, was Eddy Murphy und Grace Jones sagen: „Jetzt, jetzt kommts! Rassismus Rassismus! Spargelspreere! Und – ah! Ja geil, jetzt kommt sie: Du wielscht also nischt miet mierh fiecken? Was? Muschi? Und seine Nachbarin steht die ganze Zeit mit einem Schild am Zaun: Er ist ein Schwein! Ah! Als ich das erste Mal gehört hab, wie sie Schweine-kotze sagt, hab ich mich *so* weggepackt! Und er, er steckt den Slip ein! Aah, Schweinekotze! Sie machen mich ja an! Nein, ich? Oh doch, ich weiss genau, was das heißt, wenn dir eine *so* eine Wimper aus dem Auge blasen will: Hawwuh..." Hawwuh, ich werd nicht wieder. Wie ich das mache, weiss ich selbst nicht, aber ich bin nach siebzehn Stunden Lager- und Küchenarbeit immer noch topfit und gehe jetzt schnurstracks ins Spurs, mich bewegen, bisschen abhotten, bisschen was trinken, sonst kann ich nachher womöglich nicht einschlafen!

Der deutsche Abend findet nur noch einmal pro Monat statt, das ist für die Gäste attraktiver. Steffen hat vorgearbeitet und bei Schlachter Grande eigenhändig in drei Stunden hundertsechzig Würste abgedreht. „Besser macht dir die in ganz Asunción keiner!" Ah ja. Aber dann kriegt er Sommergrippe, und Dieter springt ein. Und ich helfe ihm, wenn ich bei Marga fertig bin. Genial! Endlich mal wieder was richtig Gutes lernen! Am Freitag bekommen wir ein Pampasreh geliefert. Hier ist wohl gerade Jagdsaison? Wir hatten doch neulich erst eins. Dieter zückt sein Beil. „Was soll ich tun?" frage ich. „Festhalten", sagt er, und mir wird Angst und Bange. „Keine Angst", beruhigt er mich, „jeder Hieb sitzt." Ach reizend, das will ich auch hoffen! Ich kann zuerst nicht hingucken, aber dann geht es wirklich Schlag auf Schlag, ohne zu zögern, und am Ende habe ich noch alle zehn Finger und Bambi ist zerteilt. Während wir anschließend friedlich am Tisch sitzen, Zwiebeln schälen und den Rotwein probieren, der eigentlich für das Reh bestimmt ist, erleuchtet mich Dieter mit den Lebensweisheiten eines Kochs, z.B.: „Schlechter Wein hat in gutem Essen nichts zu suchen", oder „Kleine Zwiebeln sind wie kleine Frauen. Die kleinsten sind die schärfsten." Grandios. Die Schärfe kleiner Frauen ist mir echt sowas von egal. Ich bin 1,81m und gucke ihn genervt an. Er kratzt sich den Bart und sagt „Na ja", und dann prosten wir uns lieber nochmal zu. „Was hadd´n der Steffen gesagt, was der Nachtisch sein soll?" Ein Blick auf die Liste: „Reis Trauttmannsdorf mit Fruchtsauce. Und Weincreme." Den genießen am heutigen Abend eine lustige Truppe aus dem Chaco, Paraguays riesigem Hinterland, schlangenleder-bestiefelte Cowboyhutträger und langweilig aussehende Büromennoniten, aber den amerikanischen und argentinischen Hotelgästen schmeckt unser Essen auch. Steffens Würste gehen weg wie warme Semmeln, und während ich, jetzt wieder ohne Schürze, Haube und Badelatschen, in der Lounge vorm Fernseher herumlümmele, fallen auch noch sämtliche Enkel und Urenkel der Hotelfamilie über das Buffet her. Die bezahlen nichts oder nur die Hälfte, und Señor Horsti leidet sichtlich.

In den folgenden Tagen streite ich mich mit Margarita, bis sie mich nicht mehr mag. Und alles nur, weil ich gemerkt habe, dass ihre Bestellungen, die Vorräte und die Abrechnungen nicht übereinstimmen. Von nun an wollen Señor Horsti und Señora Trudy ihre Listen kontrollieren, und das passt ihr natürlich gar nicht. Kontrolliert werden, wie schrecklich! Auch im Britannia hapert es mit den Übereinstimmungen. „We agree that we disagree", bringt es der graue Ken auf den Punkt. Er meint mich und Rolando, der sich neuerdings an der Theke festgesetzt hat wie eine Muschel am Schiffsrumpf, und anscheinend darauf erpicht ist, sich a) schnellstens dick mit mir anzufreunden und b) mich zu heiraten. Es ist ganz lustig, mit ihm zu reden. Er vermischt italienische, deutsche und englische Brocken mit Spanisch zu einem komischen Kauderwelsch, aber das macht ihn nicht wirklich attraktiv, und als er gegen Ende der Woche mit seinen Heiratsplänen anrückt, muss ich ihn öffentlich auslachen. Rolando setzt aber unerbittlich noch einen drauf: „Sí, mi padre dice que es una excelente idea. Hay que mejorar la raza!" Sein Herr Vater hält das für eine hervorragende Idee, man müsste doch die Rasse verbessern. Als ich das Steffen erzähle, grinst er nur und meint, der Vater wäre doch ganz symphatisch, und ich sage ihm, er ist bescheuert und er kann seinen Mist heute alleine kochen. Ich hab was besseres zu tun, ich gehe mit Mauro und Dino zu Lector´s II, da spielen unter anderem Ashborne und Sabaoth. Deren Sänger Andrés halten alle für einen Gott. Dino hat auch einen Auftritt, zu lautem Geschrammel schreit er auf Norwegisch ins Mirophon und ist danach schwer getroffen, als ich ihm sage, es hätte mir überhaupt nicht gefallen. „Y después?" fängt er wieder mit seiner alten Leier an. Küsse ich immer noch diesen Oliver? Nöee. Bin ich immer noch mit Mauro zusammen? Ja, irgendwie schon. Und er? Was ist mit ihm los? „Es una mierda, todos imbéciles..." Na klar, alles Idioten, außer ihm wahrscheinlich. Ich gehe alleine nach Hause. Gaaanz im Grunde bin ich mir nämlich gar nicht so sicher, was ich eigentlich will. Fest mit jemandem zusammensein schränkt die Freiheit ja doch sehr ein.

VERWALTUNG

Weil der letzte Monat zwischen Fettschichten, Moder und Kühltruhen eine ziemliche Kraftanstrengung für mich war (im depósito sieht es mittlerweile fast wie in einem Supermarkt aus, die Mühe hat sich gelohnt, und ich werde Margarita umbringen müssen, wenn es dort nicht sauber bleibt), darf ich im März Señora Trudy begleiten. Ihre Arbeit beginnt erst um 14 Uhr, was mir gefährlich viel Zeit gibt, um mir Gedanken zu machen. Über mein Leben, meine Zukunft, meine Beziehungen, einfach alles... wobei ich zunächst keinen einzigen Beschluss fasse und mich dumm fühle. Vielleicht bin ich das ja auch. Magdalena hat mir geholfen, eine guampa zu kurieren, d.h. wir haben mein künftiges Mategefäß mit alter yerba gefüllt vergammeln lassen, es mit Scheuermilch bearbeitet, abgebrüht und wieder gammeln lassen, und nun kann ich seelenunruhig und missmutig die Vormittage am Pool verbringen, heißen Mate saugen, lesen, unreife Briefe schreiben und guaraní-Vokabeln pauken. Es ist nicht mehr ganz so heiß, das ist sehr angenehm, aber den Moskitos ist das Wetter einerlei, die stechen trotzdem. Früher wollte ich Busfaher werden, wegen dem großen Steuerrad. Und Maurer, weil nebenan ein Haus gebaut wurde. Nach einer 1 für mein Bild auch noch Künstler, und zu Abizeiten ging mein Berufswunsch Richtung Schuhmacher, beziehungsweise Schuhdesigner, das klingt besser. Bloß, besonders sicher war ich mir wohl nicht, sonst säße ich hier nicht so zaudernd unter den Mangobäumen. Nachmittags kontrolliere ich mit Señora Trudy sämtliche Listen, die im Hotel geführt werden, und am nächsten Tag wache ich auf und denke, dass ich unbedingt Ungarisch lernen muss. Augen auf und – Ungarisch! Ich finde, dass ist eine phantastische Idee, absolut. Señora Trudy sagt, es wäre absolut wichtig, wenigstens eine Ausbildung zu Ende zu bringen. Ihr Sohn wäre zwar Reiter geworden, aber gelernt hätte er Hotelkaufmann. „Da hab ich drauf geachtet. Man muss eine Grundlage haben!" Das sagt mein Vater auch immer: Bring zu Ende, was du angefangen hast! Also gut, ich denke, zwei Dinge: Das Praktikum und die Beziehung zu Mauro. Ich will nur noch befreundet sein, das fühlt sich einfach richtiger an. Küssen und alles andere fühlt sich falsch an, unehrlich. Also Schluss damit. Abends im Spurs, nachdem Andrés von Sabaoth und ich alleine auf weiter Flur standen und merkwürdig konzentriert zu Enya tanz-schwankten, sagt der DJ, er hätte eine Spezialnummer für mich, und kurz darauf erklingt „Vagabonds" von New Model Army. Darüber freue ich mich sehr, aber abends im Bett bin ich wieder fies drauf und sehne mich nach Hamburg zurück. An Vagabonds hängen zu viele Ex-Freund Erinnerungen. Die muss ich abschütteln, schnell, sonst machen die mich fertig! Ich kneife die Augen zusammen und erinnere mich daran, dass ich mich am Ende gelangweilt hatte und das sich alles nicht mehr richtig anfühlte. Wenn mich damals jemand fragte, wieso machst'n das und wieso das denn jetzt?, dann war meine Antwort: Mir ist danach. Genau. Und nach meinem Freund war mir nicht mehr. Damit werde ich alle fertigmachenden Erinnerungen los, und Mauro werde ich das genauso erklären. Ich brauche dazu drei Anläufe und drei nervige Gespräche, aber es klappt. Jetzt können wir uns immer noch treffen, und außerdem wird mir seine Mutter helfen, neue aufenthaltsverlängernde Stempel in den Pass zu bekommen. Von Donnerstag auf Freitag übernachte ich bei Mauro, damit ich um 4 Uhr früh mit der Mutter einen Kaffee trinken und dann zur ruta gehen kann. Wir schleppen mehrere Taschen und Säcke, in meinem ist z.B. ein Deckbett. Ein Bus bringt uns zur Grenze. Während der Fahrt reden wir wenig, außerdem muss ich den Sonnenaufgang bewundern und dabei wegdösen. „Llegamos", weckt mich Mauros Muter, wir sind gleich da, und ich bekomme eben noch mit, wie dunkle Gestalten um unseren Bus herumschleichen und sich die Taschen und Säcke aufladen. Hä? Keine Zeit für Fragen, wir haben jetzt Passkontrolle. Auf der argentinischen Seite gleich nochmal, wo wundersamerweise das Gepäck wieder neben dem Bus steht, und als wir zurück auf unseren Sitzplätzen sind, frage ich endlich mal was Vernünftiges: „Qué vamos a hacer en Formosa?", was werden wir eigentlich in Formosa machen? „Oh, yo vendo ropa. Tengo clientes. Es mi trabajo", lautet die Antwort. Ach so? Ihren Kunden Klamotten verkaufen. Das tun wir dann auch. Wir ziehen durch Ministerien, Bürokomplexe und Krankenhäuser, wo Leute arbeiten, die keine Zeit zum Shoppen haben, und erst recht nicht, um in Paraguay billiger einzukaufen. „No es contrabando?" flüstere ich. „Quizás", meint Mauros Mutter, „pero en Argentina la ropa es muy cara, y yo sé lo que quieren esas chicas". Na schön, Schmugglerei oder nicht, aber in Argentinien sind die Klamotten teurer, und wenn man weiss, was die Mädchen haben möchten... Also lege ich eifrig Babyhöschen, Blusen, Decken und Hemden zusammen, die Büromoädchen fleddern sie wieder auseinander, es wird alles gekauft, und abends fahren wir zurück nach Paraguay. Diesmal bekomme ich meine Stempel ganz umsonst, und Mauros Mutter ist auch zufrieden: „Todas preguntaron si ahora me acompañas siempre, es todavía más divertido comprar si la ropa está bien doblada." Die Kundinnen fragen, ob ich jetzt immer mitkomme, schön zusammengelegt machte es ja noch viel mehr Spaß, die Sachen zu kaufen. Ach nein, vielen Dank, ich habe stattdessen mein Abflugdatum vor Augen, welches mir die neuen Stempel zeigen: Noch drei traurige Monate, dann muss ich zurück nach Deutschland. Im Hotel erwartet mich ein Anruf aus Hamburg: „Schatz, wir haben dein Ticket bestätigt! Und wir kommen dich abholen!" Jetzt weiss ich gar nicht mehr, was ich denken oder machen soll... Mich freuen? Geht irgendwie nicht, aber einfach hierbleiben wäre auch fies... und wahrscheinlich total unvernünftig. „Okay", sage ich in den Telephonhörer, aber ich bin niedergeschlagen.

VALLE PUKÚ

"Vamos", schlägt Vicente vor, und ich habe nichts dagegen. Fahren wir für zwei Tage zu Silvia und Lisandro nach Valle Pukú! Mit Schweizer Taschenmesser, Zahnbürste, Fotoapparat und Ersatzunterhose als Gepäck bin ich nicht wirklich gut ausgerüstet, aber es muss reichen. Vicentes Motorrad ist einsatzfähig, und wir sind schon auf der „ruta" kurz vorm Ziel, als er sich von einem LKW abdrängen lässt und so gerade eben noch auf dem Seitengrünstreifen schlingernd bremsen kann. Ich habe mich so erschreckt, dass ich ihm mit den Fäusten auf den Rücken trommele, zum Abreagieren, aber Vicente schimpft bloß auf den anderen Fahrer und wir tuckern weiter. Es folgen super entspannte Tage im Grünen, in deren Verlauf ich sämtliche Familienmitglieder kennen lerne, stolze Großmütter mit Enkeln fotografiere, Silvia den Hof harke, auch mal das Motorrad ausprobiere und die Jungs mir eine Steinschleuder geben und sich tot lachen, als ich statt des Vogels meinen Handballen abschieße. Geschieht mir recht. Und dann gehen wir angeln. Mit Vicente, einem seiner Brüder und dem Onkel steigen wir in einen klapperigen Bus, der uns zum Flussufer bringt, wo wir ein Plätzchen neben drei abgewrackten Schiffen finden. Links stehen ein paar ziemlich armselige Fischerhütten, auf dem gegenüberliegenden Ufer des Río Paraguay ist nur Urwald zu sehen, es liegt ein Gewitter in der Luft. Ich lasse mir zeigen, wie man Regenwürmer auf Haken schiebt, wir werfen die Angelschnüre aus und warten, die Spuhlen in der Hand. Mann ist das alles friedlich hier! Ein idyllisches Naturparadies zwar nicht, dafür fliegen zu viele leere Plastiktüten herum, aber trotzdem schön zum Durchatmen. Ich bin mit mir und der Welt zufrieden. Die Jungs grinsen, als ich mir die Isomatte aus dem Rucksack hole, aber an meiner Schnur ist so wenig los, dass ich mich mal hinsetzen kann. Die anderen haben schon den halben Eimer voll geangelt, wie machen die das bloß! Silbrig- durchsichtige Fische mit Barten, 15cm lang die längsten. Ich würde mich ja schon mit einem ganz kleinen begnügen! „Mirá", sage ich zu Vicente, „mirá como se mueve, pero no saco nada!" (Guck wie es sich bewegt, aber ich erwische nichts.) "Ay que tonta sos, tenés que estirar con fuerza! Dale ya! Estirá! Te están comiendo el anzuelo y no sacas a ninguno!" Ach soooo… das hätte er mir auch früher sagen können. An meiner Schnur bewegt es sich wie verückt, aber nur, weil die Fische den Köder abknabbern und sich einen Deut darum scheren, wenn ich den Haken langsam, langsam gaaaanz vorsichtig an Land ziehe… Du bist ja auch doof, sagt Vicente, wenn sich was bewegt, musst du hochrucken, die Schnur rausreißen! Sonst wird das nie was! Ich gucke ihn an wie ein Weltwunder, und er fällt vor Lachen fast ins Gras, und auch die anderen amüsieren sich großartig auf Guaraní, bestimmt erzählen sie Witze nach dem Motto „Frauen am Steuer", „Frauen beim Angeln"... Am Ende ziehe ich dann wirklich noch einen Fisch raus, einen richtigen Karwenzmann, finde ich, und bin glücklich. Der Himmel färbt sich schlagartig rot, die Sonne wird von ein paar Blitzen und der Dunkelheit abgelöst, und wir fahren jetzt besser mit unserem Fang zurück nach Valle Pukú. Bei Vicentes Patentante, der Schneiderin Dora, kochen wir Fischsuppe, die sie und ich alleine auslöffeln, weil die Jungs das Ausnehmen so ätzend glibberig fanden, dass ihnen der Appetit vergangen ist. Zur Verdauung schlürfen wir anschließend Mate mit heißem, süßen Kaffee auf der Terrasse, um uns herum nur Dunkelheit und rauschender Urwald. Bevor das Gewitter richtig losbricht, renne ich rüber zu Silvia und Lisandro, die ein Gästebett für mich haben, wo ich steif und klamm reinklettere. Und sofort wieder rausspringe, fast wie von der Tarantel gestochen: „Silvia! Acá hay una araña!" Eine Spinne! Uh, ein Riesenbiest, Silvia zuckt auch erst zurück, erschlägt den ungebetenen Gast dann aber mit ihrem Pantoffel. Wir schütteln alle Decken aus, und gehen schlafen. Es ist nachts erstaunlich saukalt, ich bibbere, dass mir die Zähne klappern und rolle mich zusammen wie ein Embryo. Hoffentlich wars das jetzt mit den Spinnen. Es fängt an zu regnen. Am nächsten Morgen bin ich viel zu früh wach, die anderen aber auch, blöder Hahn... ich stakse hinter Silvia her zum Brunnen, wo wir uns waschen, danach ist mir noch kälter und sie leiht mir einen Pullover. Aaach ja, mit einer Wollschicht unter der Jeansjacke und heißem Mate lässt es sich um 6 Uhr morgens aushalten. Später ziehe ich wieder mit Vicente los. Längst ist es warm geworden, und wir klettern über Baumstämme über Hochwasserflüsse, scheuchen die Kühe auf, die faul mitten in der Vegetation liegen, besuchen einen Rock´n Roll hörenden Cousin, der ein carpincho, ein Wasserschwein, als Haustier hat, und plündern einen Orangenbaum. In Paraguay isst man

Orangen anders als sonst. Man schneidet die Kappe ab, schält nur das Orange weg und quetscht sich dann Saft und Fruchtfleisch in den Mund. Danach kann man die Orange aufbrechne und den Rest essen. Diese Methode sieht brutal aus, aber wer hier nur schält und in Stücke teilt, wird schief angesehen. Abends sitze ich oben auf der Rutsche des Dorfspielplatzes, während Vicente und die anderen Jungs erbitterte Volley- und Fußballpartien austragen. Ich gucke zu und kann mir plötzlich total gut vorstellen, auch auf dem Land zu wohnen, mein Mann ein muskulöser, bärtiger Bauer, ein Haus mit Land drumherum, abends Volleyball spielen.... aber halt, ich will ja auch ein gekacheltes Badezimmer mit Wasseranschluss, und Türen und Fenster mit Scheiben drin hätte ich auch gerne, und da fängts schon an: Wahrscheinlich bin ich zu anspruchsvoll fürs Landleben und den armen, bärtigen Bauern. Ich schüttele über mich selbst den Kopf und rufe lieber Vicente zu: „Ja doch! Na klar hab ich dein Tor gesehen! Schieß noch eins!" Es wird zum zweiten Mal dunkel. Silvia, Lisandro und ich sitzen auf dem Bett der beiden, der Fernseher ist unsere Lampe, wir gucken Streiknachrichten. Caramba, während ich über Baumstämme balanciere, wird einfach mal ein Generalstreik ausgerufen? Das Volk will höhere Mindestlöhne, also mehr als 436.425 guaraní im Monat. „Mirá, toda esa gente..." sagt Silvia andächtig und zeigt auf die Bilder von Asuncións überfüllten Plätzen. Jetzt geht erstmal gar nichts mehr. Keine Busse, kein Telephon, keine Ämter, kein gar nichts. Wir gehen schlafen. Und der Streik dauert und dauert... Noch einen Tag später fahren wenigstens die Busse wieder. Silvia hat Dienst, weckt mich um 5 Uhr 30, die ersten Sonnenstrahlen gucken

über den Horizont, wir fahren ins Hotel. Meine Klamotten kleben inzwischen an mir. „Heute hätten wir die
Deutsche Botschaft angerufen!" begrüßt mich Señora
Mausi vorwurfsvoll. „Na, sie waren ja auf einmal weg!"
wundert sich Señora Trudy. „Sie waren ja auf einmal
verschwunden, che wir ham uns schon Sorgen gemacht!" sagen die Damen Hilda und Kiki. „Es gab kein
Telephon!" kann ich da nur entgegnen, „Und keinen
Bus." Scheinbar sind alle froh, mich wiederzusehen,
das ist schön zu wissen. Ich stelle mich eine Stunde
lang unter meine ewig laukalte Dusche, und nachdem
ich lange genug an mir herumgeseift und gecremt habe, fühle ich mich prompt wie neugeboren und gehe
Margarita besuchen. Bin gespannt, ob sie es geschafft
hat, das depósito in den paar Tagen einzusauen. „Inga!
Me abandonaste!" schreit die dicke Margarita, als ich
bei ihr auftauche, jaja, ich habe sie verlassen, und erzähle ihr kurz von den Tagen in Valle Pukú, damit das
Hotel wieder neuen, brandheißen Gesprächsstoff hat.
Dann beginne ich mit der depósito-Inspektion und wage
sogar einen Blick in den Keller. Licht, gibts hier Licht?
Lässt sich anknipsen, und so finde ich einen Schatz: In
der dreckigsten Ecke stehen drei große Kobflaschen
Honig!

KÜCHE TOTAL

Ich frage Ceci andauernd, was sie machen wird, wenn
sie ganz plötzlich ihr Kind kriegt, neun Monate sind jetzt
um! Jetzt kommt es nicht, ich mache doch gerade
Mittagspause, erklärt sie mir und ist die Ruhe selbst.
„Und jetzt?" nerve ich sie wieder. Nein jetzt auch nicht,

sie muss erst noch die Bohnen schnippeln, ach so. Irgendwann darf sie dann aber doch nach Hause gehen und dort auf das Baby warten, und ich springe für sie in der Küche ein. Eines Nachmittags habe ich eben meine Schicht beeedet und will duschen gehen, da rennt Steffen aus der Küche hinter mir her, ich soll ihm eben beistehen, er muss die Schlachter abklappern, Margarita hatte mal wieder nichts für ihn auf Lager... Aus heiterem aber wolkenverhangenem Himmel fängt es an zu regnen. Steffen flucht, wir sausen zu seinem Auto, werden auf den paar Metern klitschnass und fahren los. Ich finde alles lustig, alles easy. Der erste Schlachter hat bloß Eisbein, wo verdammt nochmal kriegen wir Schweinefilet her? Auf der Fahrt zum Shopping del Sol muss der Herr Chefkoch unbedingt rauchen und seine Kippe zum Fenster rausschmeißen – idiotische Idee, da regnets doch rein wie ein Wasserfall! Im Shopping sind wir erfolgreich (und fallen auf: zwei offensichtlich Deutsche in durchnässten Kochklamotten), ich leiste mir einen großen Erdbeertrinkyogurt, Steffen qualmt das Auto voll, und dann fahren wir ganz schnell, damit wir auf den total überschwemmten Straßen auch so eine tolle 3-Meter-Bugwelle wie die anderen haben. Das ist der einzige Vorteil der nicht existierenden Gullis. Wir sitzen im Trockenen und haben einen Mordsspaß. An diesem Abend zähle ich mein Geld, und bin reich! Seit meinem ersten Monat in Paraguay habe ich mich nur verrechnet, habe immer zu sparsam gelebt und geknausert, weil ich dachte, ich käme sonst nicht hin, und jetzt merke ich, dass ich viel mehr hätte ausgeben können! Schön doof. Ich kann mirt Geld nicht umgehen. Vamos, kaufe ich ein hübsches Geschenk für Yazmíns Eltern, bei denen bin ich nämlich zum Osteressen eingeladen. Am Samstag vor Ostern färbt Chiquita hundert Eier ein, Steffen wartet auf das Lamm, das Don Sol ihm besorgen wollte (angeblich ein lebendes, aber Steffen sagt, er schlachtet es dann), Daniel bäckt Osterkränze, und der einzige, der unsere einträchtigen, österlichen Vorbereitungen stört, ist der dicke Mann, der Señor Horsti eine neue Seife verkaufen will. Zu Vorführungszwecken wischt er am Herd herum, schwitzt wie Sau, legt sich mit Ovido und den Köchen an, die auch anfangen, hier und da zu wischen, nur um ihn zu ärgern, und als dann ausgerechnet Atilio noch einen Satz sagt, geht der dicke Mann voll in die Luft, er wird *sehr* böse, das wars dann mit dem Seifenverkauf und alle gehen wieder auf ihre Plätze. Atilio ist ein Spacken, wie es bei uns in der Schule hieß. Er hat was von Beavis und Butthead und auch die dazugehörige Stimme, dreckig aufreizend, und dabei guckt er einen mit seinen knallgrünen Augen an, als würde er sich vorstellen, wie man in oder ohne Unterwäsche aussieht. Wenn man diesen total schlechten Eindruck überwunden hat, kann man ganz nomal mit „Ati" umgehen, der meistens auch ganz normal sein will. Ostern kommt und geht, ich bin erkältet, und Steffen dreht küchenmäßig sowohl auf als auch ab, wobei ich ihm helfe. Leberspätzle und Leberknödel (Margarita hatte zuviel Leber eingekauft), Hochzeitschnitzel, Rinderfilet unter Kräuterkruste, Ente (immer ein bisschen fett), Ofenfisch und Ochsenfleisch, Bouillonkartoffeln und Vichy-Karotten, Spinat-Brokoli-Auflauf und Königinsuppe. Und einen Rechaud voll Champignon-Omelettes, der Seniorenteller, sagt Steffen. Margarita hatte zweihundert unnötige Eier bestellt, die müssen verbraucht werden... Diese Eiergeschichte bringt bei Señor Horsti ein Fass zum Überlaufen, er feuert Margarita und Atilio wird neuer Lagerverwalter. Soweit so gut, aber wir falten auch delikate Maultaschen zusammen, sehr mühsam, die dann kein Mensch essen will: Riesenravioli in Brühe? No gracias, sagen die Hotelgäste. Steffen kratzt das nicht. „Fleischbrühe darfste fast nicht umrühren, wenn sie klar bleiben soll", ist sein einziger Kommentar. Chiquita hat mittlerweile verstanden, was Steffen sich da für Brühen und Saucenfonds zusammenkocht und in großen 3-Liter-Gläsern im Kühlschrank hortet. Und wozu die gut sind. Einmal kommt er in die fiambrería und die letzten Gläser sind leer, er funkelt Chiquita mit gezücktem Messer an, sie schenkt ihm ein breites Hexenlächeln mit vorgestrecktem Eckzahn und bekennt sich schuldig. „Rápido", ermuntert sie ihn, „hacé nueva, más salsa!" Zackzack, mach neue Sauce! „Hmpf!", quietscht Steffen. Ein andermal tauen wir die Reste vom Pampasreh auf. Ich sitze gedankenverloren am Hackbrett und träume vor mich hin, da kratzt mich was im Nacken. Iiieh, Steffen der Arsch, mit einem Rehfuß in der Hand! So einen will ich jetzt auch. „Guck mal", sage ich, „wenn man an der Sehne zieht, bewegt sich der Huf richtig!" „Cool." Und dann liefern sich unsere Rehfüße einen Zweikampf, meiner ist Lord Helmchen und Steffens Darth Vader, und dann kratzen wir Salz-Irma im Nacken, dass sie kreischt wie am Spieß. „Was ist denn hier los!" empört sich Señor Horsti, der überfallartig vorbei kommt. „Ach nichts, gar nichts, Irma kreischt bloß", sagen wir unisono und verstecken die Rehfüße hinterm Rücken. Am 16. April kommt Cecis Kind zur Welt, ein Junge, der entgegen aller meiner Namensvorschläge Maicol genannt wird, was ich gar nicht glauben kann. Michael Jackson oder was. „Sí", Chiquita

nickt, „Maicol." Sie ist gestresst. Die fünfhundert Hoch-
zeitsgäste sollen morgen Crepe-Beutel mit Fischfüllung
essen, und es gibt sehr viel vorzubereiten. „Inga, ahora
tú vas a cocinarme ese pescado!" befiehlt sie mir, du
wirst mir jetzt diesen Fisch kochen! Uuuf, welche Ver-
antwortung, also los. Ich denke scharf nach, wie meine
Mutter immer die Kabeljau-Stücke gekocht hat, und
lasse den zehn Kilo Surubí-Fleisch dann die gleiche
Behandlung zukommen. Klappt hervorragend. „Y ahora
el puré de papas!" lautet Chiquitas zweiter Befehl. Ok,
und jetzt der Kartoffelbrei. Welche Mengen, super! Ich
rühre wie verrückt, gar nicht so einfach mit diesem
dicken Holzstab, und spritze Señor Horsti prompt einen
fetten Klacks auf Hemd und Brille. Der hat heute zum
Glück einen guten Tag und sagt nur „Na na", und ich
merke mir ein für alle Mal, dass man Kartoffelbrei
langsam mit Milch und Butter verrührt. Also Señor
Horsti... entweder er ist schlecht drauf und man muss
eine Heidenangst vor ihm haben, oder er ist die Sonne
selbst und alles ist schön. Sonnig. Am 20.4. stürmt
Steffen die Lounge in Kampfstiefeln und seinen Mili-
tärklamotten. „Geburtstag vom Führer." Ach du
Scheiße. „Hilfe ham wir jetzt Krieg?" wundert sich der
uralte tío Jorge, Señora Trudys und mein Liebling des
Hotelclans. Nee, denke ich, da ist bloß einer, der sich
aufspielen will. Kochen macht heute keinen Spaß. Noch
ein paar Tage später geht auf politischer Ebene alles
drunter und drüber: Präsident Wasmosy entlässt den
General Oviedo, der zu gerne auch mal so richtig an
der Macht wäre, wenigstens offiziell. Daraufhin sammeln sich im Chaco die Truppen, die Straßen sind wie
leergefegt und Spannung liegt in der Luft, aber es
passiert nichts, was uns direkt beträfe. Vier Tage darauf

gewinnt dann ein gewisser Señor Argaña die Wahlen und die Leute machen einen Aufstand mit Hupen, Sirenen und Böllern, dass man meint, Paraguay hätte die WM gewonnen. Es wird Samstag, Deutscher Abend, und Steffen schießt endgültig den Vogel ab: Mit „des Kanzlers Leibspeise", Pfälzer Saumagen, here we come! Um es gleich vorweg zu sagen: Saumagen schmeckt obergeil. Falls ich jemals in die Pfalz komme, werde ich das sofort bestellen, sofort! Obwohl der Anfang zugegebenermaßen ziemlich eklig ist. So ein Saumagen ist glibberig, verschleimt und hässlich. Nach zehn Minuten Spühlen sieht er noch genauso unschön aus wie zuvor, und Steffen nimmt ihn mir ab. „So, den kansch umstülpe, der Schleim geht ab mit viel Salz, fertig ist die Handpuppe!" Oh, wie unglaublich süß! Ich stülpe und entschleime auch, und dann sagen unsere Hände in den Saumägen so alberne Puppensätze wie „ Ja-ha, ich bin jetzt mit dem Ken zusammen!", „Nein, des Kaschperle habsch weggeschickt", „Huch, nein, Küssen verboten!", „Baby ich hab hier noch'n bisschen Extraschleim für dich..." Wir sind richtig ins Spiel vertieft, bis Chiquita sich räuspert und an den Kochtopf klopft. Salz-Irma guckt irgendwie beleidigt – im Gegensatz zu mir ist sie nämlich scharf auf Steffen und wäre wahrscheinlich auch gerne mal Handpuppe. Hehe. Der gefüllte Pfälzer Saumagen wird also super gut, die fiambrería teilt sich eine Scheibe, und aus dem Rest der Füllung machen wir Frikadellen. Bei Schichtende ist mir schwindlig. Ich stehe an Rosas Herd, blicke in die Flammen, die aus den Kochstellen emporschießen, und schreibe ein Gedicht in mein Ringheft:

Ich bin ein kleiner Kanibale,
versessen auf Gedärm,
verschlagen, skrupellos und fies,
den Menschen hab ich gern.
Ich bin gemein und oft in Wut,
bei Tieren wird mir schlecht,
anstatt in Unschuld wasche ich
die Hände nur in Blut.
An Weihnachten gibts Oberarm,
am liebsten tätowiert,
dann ist der Braten wunderschön,
mit nackten Fraun´ verziert.
Gerne geh ich nachts auf Jagd,
morde, bis es wieder tagt,
und werden mir die Kräfte rar,
mach ich aus Sportlern Isostar.

WÄSCHEREI UND BÜGLEREI

Es ist Mai und merklich kälter geworden. Señora Trudy
hat mich zum Waschen und Bügeln eingeteilt, und Ña
Teo hat zuerst das Vergnügen. Die wahnsinnig sym-
phatische Wäschereichefinnenkugel auf dünnen Beinen
sitzt Zigarre rauchend vor ihren Maschinen und Spühlbecken und lacht, weil ich pro Tag wenigstens zweimal
die Schleuder kaputt mache. Ich kapiere einfach nicht,
wie man die lädt, ohne dass danach die Trommel aus
den Achsen springt. „Andá", wundert sich Ña Teo und
ruft nach Aveiro, dem Hotelelektriker, damit er den
Schaden behebt. Von allen ist Aveiro am zufriedensten
mit meiner Arbeit, er ist nämlich in Liliana verliebt, eine
der Wäscherinnen, und je mehr ich kaputt mache, des-

to öfter kann er sie besuchen. Na das freut mich dann ja, und Ña Teo findet´s auch lustig. Ihre Zigarren rollt sie übrigens selber, auf ihrem Oberschenkel. Ich hänge Wäsche im Innenhof auf, habe kalte Hände, ruiniere zwei neue Uniformen mit Bleichmittel, bekomme wunde Hände vom Wäscherubbeln und fühle mich so richtig als Teil der schwer arbeitenden Bevölkerung. Señora Ruth bietet mir in dazu ein Kontrastprogramm an: Wir lesen in ihrem Zimmer „Le petit prince", schließlich hatte ich Französisch in der Schule. Am Ende läuft es aber darauf hinaus, dass ich ihr vorlese und sie mich kritisiert, und das habe ich gar nicht gerne, weshalb ich nach der Hälfte des Buches „merci" sage und auf den Kontrast verzichte. Bei einem kleinen Ausflug in die Stadt kaufe ich einen Naturwollpullover, in dem ich aussehe wie ein flauschiges Schaf und bei der Überquerung des nächsten Platzes einem Fernseh-team zum Opfer falle. Die stürzen mit Mikro und Kamera auf mich zu und wollen meine Meinung zum Thema „Männer gegen Frauen" hören. „Fühlst du dich unter-drückt? Y los derechos de la mujer?" Die Rechte der Frau – ach nein, keine Klagen! „No tengo problemas", sage ich im Fernsehen, woraufhin mein männlicher Gegenspieler ein paar auswendig gelernte Macho-sprüche vom Stapel lässt und ich grinsend ein bisschen weiter protestiere, danach lassen sie mich ziehen und sagen das war ganz toll. Leicht aus der Bahn geworfen weil mit den Gedanken woanders, lande ich einige Ecken weiter in einem Töpferladen, der so gar nicht paraguayisch aussieht, und ehe ichs mich versehe, habe ich eine große, große Blumenvase gekauft, in die man höchstens zwei Blumen stecken kann und ich weiss sofort, dass diese schöne, verrückte Vase auf meinem Rückflug noch ein Klotz im Handgepäck sein wird... Danach marschiere ich solange weiter, bis ich am Hafen stehe. Viel los ist hier nicht. Mit dem Hamburger Hafen lässt sich sowieso nichts vergleichen, also versuche ich es erst gar nicht. Wo der Handel und Wandel stattfindet, ist auch nicht zu erkennen, aber es sind Marineschiffe zu sehen und das Zollgebäude, und ein paar ominöse, scheinbar zwecklose Kähne, die ich mir mal näher angucke. „Hola!", man hat mich entdeckt, und eine Sekunde später werde ich auch schon ein steiles Fallreep hoch an Deck gezogen, die Vase fest unter den Arm geklemmt, es gibt heißen Kaffee und die Bestätigung von Gustavo, dass diese Schiffe hier tatsächlich keinen wichtigen Zweck mehr erfüllen. Er und seine Kumpels wohnen auf ihnen als Aufpasser. „El que anda es El Cacique", sagt Gustavo. Wie, wer, der Häuptling fährt noch? Wieder auf dem Pier finde ich ihn schnell, den Cacique, ein circa zwanzig Meter langes Boot mit kleinen Aufbauten, ziemlich bunt und alt. Und wo fährt der hin? Flussaufwärts, nach San Pedro und wieder zurück, jede Strecke an die zweiunddreißig Stunden. Toll, sofort bin ich fasziniert und will auch nach San Pedro! Zufällig lese ich am nächsten Tag einen Zeitungsartikel über den Cacique und seine Fahrten, und erfahre von reisenden Marktfrauen, schlafen in der Hängematte, verrückten Abenteuertouristen aus Frankreich und unbenutzbaren Toiletten. Das spornt meine Reiselust nur noch mehr an, aber ich muss sie auf nächsten Monat verschieben, zuerst muss ich bügeln. Mein neuer Arbeitsplatz verschafft mir prompt eine neue Erkältung, denn unten in den Badelatschen (mit Strümpfen) ist es kalt, und oben bei den Bügeleisen schön warm. Das Tratschniveau in der

Büglerei ist enorm. Silvia, Nilda und ihre Chefin Ña Porfiria glätten die Sachen ihrer compañeros, des Hotels und dessen Gästen mit einer Inbrunst, als hinge ihr Leben davon ab, und dabei bietet es sich natürlich an, über den Träger oder Benutzer des jeweiligen Stoffes zu sprechen. Ich darf die Lappen bügeln, schließlich lerne ich noch. Danach steige ich auf zu den weinroten Arbeiteroveralls, und Nilda lacht: „Ayayay Ingals, el traje de Vicente planchalo bien entre las piernas!" Haha sehr komisch, aber bitte, bügele ich Vicentes Overall eben besonders heiß zwischen den Beinen. „Le voy a quemar", verkünde ich trocken, ich werde ihn verbrennen, und Nilda gackert so sehr, dass ihr die Tränen übers Gesicht laufen. In der zweiten Maihälfte wird es richtig kalt, jedenfalls für paraguayische Verhältnisse. Aveiro: „Ayer – me fui a las 4 de la noche y casi me con-gelé." (Um 4 Uhr nachts nach Hause gegangen und fast erfroren.) Mauro: "Y sí, es un poco fresco." (Etwas frisch?!) Magdalena: „Qué frío tenía en la noche! Entonces me fui a la cama de mi madre, pero ella se levantó a trabajar, y otra vez tenía frío." (Selbst bei der Mutter im Bett wars nicht wärmer, denn die stand auf zum Arbeiten.) Vicente: "Tenés frío? Tocá mi oreja, caliente está." (Wenn dir kalt ist, fass doch mein Ohr an, das ist heiß.) Señora Hilda: „Che da kann man ja Schlitten fahren!" Steffen: „Ja? Bei 10 Grad?" Am Ende meiner Zeit in der planchería bin ich bis zur Bettlakenmangel befördert worden, aber vorher gibts noch einen anderen Höhepunkt: Ich begleite Rolando auf eine Hochzeitsfeier im Nobel-Elite Club Centenario. Super, da wäre ich sonst nie hin gekommen! Wir müssen uns verkleiden: Rolando leiht sich den Anzug seines großen Bruders, und ich leihe mir Jäckchen und Perlenschmuck der Mutter. Bisher völlig sinnloserweise hatte ich aus Hamburg mein schwarzes Kleines und die hochhackigen Schuhe vom Abiball mitgebracht, die kommen jetzt endlich mal zum Einsatz. Eine Strumpfhose kaufe ich noch, und nachdem Rolandos Freundin Mary mich geschminkt und frisiert hat, schießen wir ein paar Erinnerungsfotos, auf denen ich aussehe wie eben dem Denver-Clan entsprungen. Und dann fahren wir mit Rolandos Schrottauto zum Centenario. Also unter rauschender Feier stelle ich mir etwas anderes vor. Wir versuchen, uns gut zu benehmen, und alles läuft auch gut, bis ich der einen sehr goldbehangenen Dame an unserem Tisch mein Glas Wasser über das Kleid kippe – man darf, wenn man sich gut benehmen will, auch nicht so ausufernd gestikulieren! Ich schäme mich und denke Ach Scheiße, bin halt doch nur die Büglerin vom Gran Hotel, aber die Golddame nimmts überaus gelassen und mir nicht im geringsten übel. Rotwein wäre schlimmer gewesen! Sie schickt uns tanzen, die jungen Leute sollen sich doch amüsieren! Cachaca ist auf hohen Absätzen genauso albern wie sonst auch.

Apropos hohe Absätze: Mit denen kann es auf Asuncions Straßen richtig gefährlich werden, denn die sind größtenteils gepflastert, aber nicht mit runden Kopfsteinen, sondern einfach so mit schwarzen eckigen Steinen, alles andere als ebenmäßig und gerne auch mal mit tiefen Schlaglöchern. Genau wie die Bürgersteige. Ein Rauf und Runter, je nach Garageneinfahrt und gusto des Anwohners. Kein Wunder, dass man keinem Rollstuhlfahrer begegnet! Und manche Bordsteine sind einen halben Meter hoch, ungelogen! Ok in der Innenstadt und den Hauptstraßen ist das anders, aber man ist ja auch mal da unterwegs, wo die ganz nor-

malen Leute wohnen, arm und reich fröhlich nebeneinander. Die Busse fahren also alle wie verrückt, die Fahrradfahrer kann man an der Hand abzählen, zu Fuß gehen macht Spaß, wenn man sportlich ist, und eigentlich fahren alle am liebsten Auto. Victor, der das Hotelauto fährt, bringt mir einen Bescheid der paraguayischen Post mit: Ich soll dort etwas abholen. Was denn bloß?! Ich erwarte gar nichts! „Rausholen", meint Victor, „du muss versuchen, es aus der Post rauszuholen." Sehr gespannt fahre ich also in die Stadt zum Correo Central und zeige an mehreren Schaltern meinen Zettel vor, der jedesmal vorsorglich abgestempelt und weitergereicht wird, bis ich schließlich auf einem Gang im ersten Stock warten muss und vor Neugier fast platze. Nach einer halben Stunde wird mir ein kleines Päckchen ausgehändigt: Weihnachtstee von meiner Freundin Maren aus Delmenhorst, abgeschickt vor drei Monaten! Fassungslos stehe ich da und blicke in den Innenhof hinunter, wo geschäftig tereré getrunken wird, Postkarten und yuyos verkauft und sogar Briefmarken gehandelt werden. Weihnachtstee im Mai.
Am Wochenende wache ich so abartig abgrundtief schlecht gelaunt auf, dass ich davon wie gelähmt bin und mir auch nicht einfällt, wie ich das ändern könnte. Ich bleibe also liegen und denke schlechtgelaunte Gedanken. Jetzt bin ich nur noch diesen Monat in Paraguay, und obwohl mir ganz flau im Magen wird, wenn ich mir den Abschied vorstelle, hängt mir andererseits auch alles paraguayische zum Hals raus. Die holperigen Straßen, das stundenlange Warten auf den Bus, die anzüglichen Komplimente im Vorbeigehen, alle Doofheit und Heuchlerei, alles Müll-einfach-fallen-lassen und alles Leere-Dosen-in-die-Hecke-

stecken. Der Tonfall der Leute grätzt mich an, das zu spät Kommen und die hässliche Angewohnheit, immer etwas zum eigenen Besten herausschlagen zu wollen. Plötzlich stört mich, was mir vorher egal war, und mir ist egal, worüber ich mich vorher aufgeregt habe. Ungarisch lernen erscheint mir jetzt als das einzig Vernünftige. Tiefer Seufzer. Was könnte ich denn in diesem Juni anstellen? Kunstpause. Der Cacique. Genau, ich wollte doch mit dem Cacique fahren! Ok jetzt kann mein letzter Monat kommen, ich habe wieder einen Plan!

Im Juni spiele ich Multitalent und arbeite immer da, wo jemand gebraucht wird. In der Bäckerei, in der Büglerei, bei Chiquita und bei Zucker-Irma. „Ah, ist heute wieder Frau Süßspeise am Werk?" ärgert mich Steffen und erfindet neue Fischgerichte. Zur Erholung fahren Vicente und ich auch noch mal raus nach Valle Pukú. Wir kaufen im Dorfladen eine Flasche Caña, Zuckerrohr-schnaps, setzen uns im Hof seines Onkels auf ein ausgeschlachtetes Autowrack und pflücken ein paar Pampelmusen vom Baum. Im Handumdrehen sitzen auch der Onkel und der Bruder vom Angelausflug mit einem Cocktail in der Hand auf der Motorhaube. „Salud." Eine vergnügte Stunde später weiss ich, dass Caña-Pampelmuse wahnsinng betrunken macht. Kann kaum noch laufen so´n Mist. Als ich im Dunkeln über eine Baumwurzel stolpere, gehe ich prompt in die Knie und bin so blöd, den Brechreiz zu unterdrücken. Na ja, es ist schon spät, da gehen wir schlafen. Wir wanken zu Vicentes Rohbauhaus, gleich hinter der Tür sehe ich eine Matratze und falle drauf. Und der eklige Onkel über mich her. Zum Glück bin ich nicht zu betrunken, um nicht nach Hilfe schreien zu können. „Vicenteee!"

schreie ich, und mein kleiner compañero kickt seinen Onkel zur Seite und rettet mich ins andere Zimmer. Da gibts auch eine Matratze und sonst nichts, und auf der schlafen wir unseren Rausch aus. Bei Vicente bin ich in Sicherheit. Der schnarcht bis in den Morgen, während ich ziemlich früh aufwache, weil ich mich hundeelend fühle. Mein Bauch auch. Wir suchen das Badezimmer – das ist noch gar nicht fertig gebaut und trotzdem benutzt worden, und dementsprechend pestilent und übergelaufen ist es. Ich und mein Bauch flüchten nach draußen. Einen blickgeschützten Busch brauchen wir jetzt, und zwar dringend! Ich bin unendlich dankbar für das gebrauchte Papiertaschentuch, das ich in meiner Hosentasche finde, aber eklig ist immer noch alles. Ich stehe eine Weile ziemlich verloren in der Pampa, und nichts, was ich sehe, gefällt mir. Oh Mann, das hätte gestern beinahe böse geendet. Nie wieder caña! „Quiero irme", wecke ich Vicente, ich will gehen.

Als es mir zwei Tage später besser geht, ziehe ich bereitwillig mein Kellnerkostüm an, um bei einer Geburtstagsfeier das Buffet zu erneuern. In der Küche macht Ceci mir einen Bauernzopf, und liefert mir die Erklärung, weshalb mein Kopf so juckt: „Tenés piojos." Läuse, na super! Das ist die Strafe für das idiotische Caña-trinken. Launol-Shampoo muss her! Morgen.

Morgen morgen nur nicht heute... ich fange schon an wie die Paraguayer. „Kaigué, así nomás", wozu irgendetwas ändern, wenn mans auch lassen kann. Das ist eigentlich nicht mein Ding, ich ändere immer alles sofort. Bei mir herrscht Endzeitstimmung. Nächsten Monat kommen meine Eltern und mein Bruder, um mich abzuholen (mich zu entführen, denke ich), ich weiss nicht, was ich in Hamburg machen werde (in meinem

„Heimatkontinent Europa", wie Señor Horsti sich aus-
drückt), und was ich heute anziehen soll, weiss ich
auch nicht. Ok das ist schon wieder albern, ich reiße
mich besser zusammen. Es stehen schließlich noch
zwei wichtige Dinge an: Maicol wird getauft und ich
Patentante, und ich will nach San Pedro fahren und
Vicente muss mit, denn er ist der einzige, bei dem ich
nicht gleich wieder eine Beziehungskiste fürchten
muss. Fürs erste sitze ich brav und gelangweilt im
Taufpatenunterricht in Ceci´s Kirche. Was der Pfarrer
erzählt, interessiert mich kein bisschen, und ich finde es
auch nicht schön, Spanisch und Guaraní durcheinander
zu sprechen. Aber dann wird getauft, alle Babys
brüllen, alle Eltern sind zufrieden und anschließend
gibts asado. Cecis Familie lebt um einen Hof aus roter
Erde herum: Die Großeltern in ihrem Häuschen, dem
ältesten, logischerweise, die Eltern in ihrem und alle
Geschwister mit den jeweiligen Kindern wieder in
anderen...ich kann herademal Ceci, Chiquita, Zucker-
Irma, einen Claudio und eine María auseinander halten,
aber das spielt keine Rolle, ich fotographiere sie alle.
So kann man also auch wohnen. Noch eine Woche
späte packe ich meinen Rucksack: Messer, Unterhose,
Klopapier, Geld, Fotoapparat, Kekse, Bananen,
Wasser, Schokolade. Mit Vicente bin ich um 5 Uhr 30
verabredet. Um 5 Uhr 35 ist er nicht da, und ich werde
sofort ungeduldig. Um 6 Uhr bin ich total nervös und
genervt, sehe meinen Bootsausflug sprichwörtlich den
Bach – äh Fluss runter gehen und packe fluchend alles
wieder aus. Da klopft Vicente. „Dale, rápido, no estás
pronta?" Doch doch, ich bin gleich *wieder* fertig! Wir
fahren Bus, wir laufen zum Hafen – niemand da. Der
Cacique hat vor einer halben Stunde abgelegt. Wir

stehen schön blöd da, und ich bin auch richtig frustriert, aber nicht allzu lange. „Was machen wir denn jetzt mit dem ganzen Proviant?" möchte ich mal wissen. Vicente nimmt seine Plastiktüte mit Mandarinen und kalten Schnitzeln und meint, wir könnten ja auch woanders hin fahren. Und das tun wir auch. Zu Señora Trudy! „Die freut sich bestimmt!" behaupte ich, während Vicente sich da nicht so sicher ist. Der Weg zu Señora Trudy ist sehr weit, und wir essen unterwegs alle Kekse und die Mandarinen auf. Dabei machen wir Stadt-sightseeing. „Te gustaría vivir allá?", gefällt dir das Haus da? „No. Que tál aquella casa?" „No." Ich bevorzuge die alten Häuser mit Bäumen und Gartenstühlen vorm Eingang, Vicente favourisiert die pompösen Villen mit Swimming-pool und Platz für drei Autos. Die Geschmäcker gehen vollkommen auseinander, und wir klopfen uns kichernd auf die Schultern. Da werden wir wohl nie zusammen wohnen können! Tja, Schicksal. Sooo viele Mango-bäume. Die brasilianischen Mangos sind groß, die paraguayischen klein und faserig. Man zieht ihnen die Schale ab, beißt rein, und wenn nur noch der dicke Kern übrig ist, sieht man aus, als wüchse einem ein gelber Bart aus den Zähnen. Ohne Zahnseide dreht man durch in Paraguay! Na ich wenigstens. In Luque sehen wir ein Haus mit vielen Vogelkäfigen. „Loritos", sagt Vicente, kleine Papageien, aber einer ist größer und ganz weiß mit schwarzem Schnabel, das ist ein pájaro campana, ein Glockenvogel, dessen vereinzelter Schrei wie ein Schlag einer ebensolchen klingt. Klong! Auf dem Markt kaufe ich willkürlich ein paar trockene yuyos, die man mit Mate trinken kann (das Gesicht meiner Mutter kann ich mir jetzt schon vorstellen, wenn ich damit ankomme), und Vicente nimmt von einer yuyo-Frau eine frische Mischung gegen Kopfschmerzen mit: Sie sucht die Kräuter aus einem Korb voll Grünzeug und Wurzeln aus, gibt sie in einen Sandelholzmörser und stampft alles zusammen. Das Gematsche in ein Tütchen, fertig ist die Naturaspirin. Der letzte Bus zu Señora Trudys Haus schaukelt uns mächtig durch, die Straße ist voller Kuhlen und Schlaglöcher, und an unserer Haltestelle müssen wir wegen der Schlagseite einen Meter tief ins Gras springen. Mir ist kalt. Es fängt an zu nieseln, binnen Kurzem wird der Boden schlammig, und ich kann verstehen, wieso Trudys Auto den Weg manchmal nicht schafft. Señora Trudy ist vor allem überrascht, uns zu sehen, aber sie freut sich doch und wärmt uns mit Kaffee am Kamin auf. Wir sehen wohl etwas mitgenommen aus, denn sie amüsiert sich und sagt: „Na sie machen ja wieder Sachen, Inga!" Ich zucke die Achseln: „Odio si me cambian los planes!" Allerdings, wenn jemand einfach meine Pläne ändert und zum Beispiel den Cacique ohne mich abfahren lässt, sowas hasse ich. Schnell den Schwamm drüber. "Y ahora viajamos a casa de Steffen!" schlage ich vor, dafür müssen wir nur noch einmal die ganze Stadt durchqueren! Wenn schon reisen, dann richtig. Vicente lacht und sagt, ich bin verrückt. Als wir wieder in Asuncións Zentrum stehen, fällt uns ein, dass wir erstmal fragen sollten, ob in „casa Steffen" überhaupt jemand da ist. Ich telephoniere. Doch sicher, sagt seine Mutter, der Steffen ist zu Hause, „dersch mit Gribbe." „Tenemos que llevarle medicina", wir müssen ihm Medizin mitbringen, sage ich zu Vicente. Wir legen zusammen und kaufen eine Miniflasche Jägermeister. Dann essen wir in einem Hauseingang die Schnitzel und die Bananen auf, steigen wieder in einen Bus und freuen uns, dass der highspeed fährt und außer uns scheinbar niemanden mitnehmen will. Vor Steffens Haus wollen uns zwei Doberman zerfleischen, aber es erscheint ihr Frauchen und sie werden lammfromm. Steffen hängt im Bademantel auf dem Sofa rum, guckt England gegen Deutschland und ist aufrichtig begeistert über unseren Besuch. Er trinkt seine Medizin ganz artig und ohne Murren, und wir bekommen zur Belohnung selbstgebackenen Schoko-Mohrrübenkuchen. „Ach wie schön, endlich isst mal jemand meinen Kuchen!" jubelt Steffens Mutter, und obwohl wir eigentlich schon ziemlich satt sind, essen wir ihn trotzdem und machen uns vollgestopft wieder auf den Weg, diesmal zurück ins Hotel. Feierabend.

Pfälzer Saumagen

Saumagen säubern, Schleim mit viel Salz abwaschen, trocknen, Innen mit Salz einreiben.
Für die Füllung:
Schweinemett
Eier in Wasser eingeweichtes Weißbrot ohne Rinde
Majoran, Salz, Pfeffer, Thymian
Zitronenschale
Fondor
Klare Fleischbrühe
In Öl angeschwitzte, ganz klein gehackte Zwiebel
Gehackte Petersilie
Fingernagelgroß gewürfelte rohe Kartoffeln

Bis auf Petersilie und Kartoffeln alles vermengen, dann mit Brühe in den Mixer. Mit Petersilie und Kartoffelwürfeln vermengen. In den Saumagen stopfen, aber nicht überprall. Zunähen. In Tuch wickeln, nicht zu fest.
2 Stunden in Fleischbrühe sieden.
Erst auswickeln und in Scheiben schneiden wenn gänzlich ausgekühlt.
Kurz anbraten.

Benitos Belgrader Sterne

8 Eier
7 EL Mehl
6 EL Zucker
Verrühren, flach auf Blech streichen und backen.
Creme kochen aus:
Eigelb, Milch, Zucker, Maizena

Gebackenen Teig in Geschirrhandtuch einrollen, erkalten lassen. In Scheiben schneiden, Creme darauf streichen, mit Erdbeere oder Kirsche verzieren.

Sopa paraguaya
Für eine grosse Ofenform:
3 Zwiebeln in dünnen Streifen
3 Tassen Wasser
1 EL Salz
¾ Tasse Öl
4 Eier
650 gr Maismehl
¾ Tasse Milch oder Sauerrahm
Die Zwiebel mit Wasser 10 Minuten kochen, erkalten lassen. Danach alles zusammen mischen und in eingefetteter Form backen.
ca. 200 Grad, ca. 60 Minuten, bis die Masse weichfest und goldbraun ist.

Epilog 2013

Señor Horsti ist vor zwei Jahren viel zu früh gestorben. Ceci, Chiquita und Zucker-Irma arbeiten immer noch in der Küche des schönsten Hotels der Stadt. Señora Trudy und ihr Sohn sind kurz nach mir zurück nach Deutschland gezogen. Sie leben in einem Dorf mit vielen Katzen, Hunden und Pferden. Vicente hat versucht, eine Mechanikerwerkstatt auf zu machen. Dino erfüllt in Asunción spezielle Plattenwünsche, wenn Musikläden und Internet versagen, und erledigt ansonsten für Alfons die Buchhaltung. Ken ist immer noch am Leben und sitzt im Britannia an der Bar, Cartassos Lunch- und Partyservice betreiben inzwischen die Töchter Raquel und Andrea, Fahrradfahren ist immer noch kein Volkssport, aber das Eis st so gut wie eh und jeh, wenn nicht noch besser. Steffen der komische Kerl ist in einem anderen Land untergetaucht, und Mauro und ich haben nach vielen Wirrungen und mehreren Jahren geheiratet. Wir wohnen mit unseren zwei Töchtern in Montevideo. Das Britannia ist zur Zeit dunkelrot gestrichen, und die junge Metal-Szene blüht: Im Absoluto Rock, Koptown, The Jack, Mi Ranchito Bar und im Iron Eagle.

Epilog 2017

Mittlerweile ist die Fassade von Cerro Corá 851 schwarz-weiß, La Chacarita ist völlig verschwunden und hat der Costanera Platz gemacht, einer weitläufigen Flusspromenade, wo leider noch keine Bäume gewachsen sind, Andrés von Sabaoth hat erst Informatik studiert, war dann Yogi in Brasilien und hat jetzt ein Pilates Studio in Asunción, und wer in

Paraguay Thrash Metal hören will, der geht zu den Konzerten von Nomaid Hell.